Poplar
Pocket
Library

登場人物

やまぎしりょうすけ
山岸良介

怪談収集家。全国の“本物”の怪談を集めて「百物語」の本を完成させることが仕事。

たかはまこうすけ
高浜浩介

山岸さんの助手をつとめる小学５年生。とくべつな霊媒体質。

そのだえり
園田絵里

「怖い話」が大好きで活発な女の子。浩介の幼なじみ。

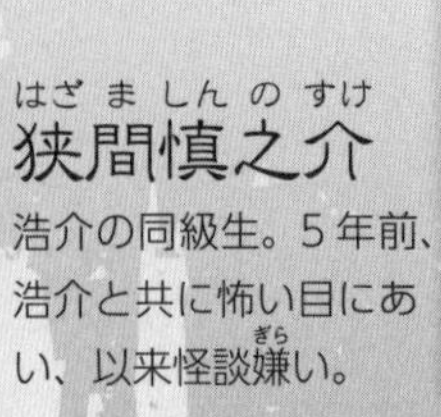

はざましんのすけ
狭間慎之介

浩介の同級生。５年前、浩介と共に怖い目にあい、以来怪談嫌い。

よしおかみすず
吉岡美鈴

浩介のクラスメイト。おまじないや占い好き。

第一話　バレンタインのおまじない

「ねえ、高浜くん。好きな人と、絶対にうまくいくおまじないって知らないかな？」

放課後の教室で、帰る準備をしていたら、とつぜんうしろから声をかけられた。

ふりかえると、同じクラスの吉岡さんが、すぐ目の前でじっとぼくを見つめていた。

「おまじない？」

「うん」

吉岡さんは真剣な表情でうなずいた。

「高浜くんなら、だれも知らないような、すごくよく効くおまじないを知ってるんじゃないかな、と思って……」

「どうしてぼくが？」

ぼくがびっくりしてききかえすと、

「だって……」

吉岡さんは、黒ぶちのめがねごしに、ぼくの目をのぞきこむようにしていった。

「高浜くんって、霊感があるんでしょ？」

「誤解だよ」

ぼくは苦笑いをうかべて、顔の前で大きく手をふった。

「霊感なんて、全然ないから」

「そうなの？」

吉岡さんはがっくりと肩をおとした。その様子が、ちょっとかわいそうだったので、ぼくは思わず、

「でも、知り合いにくわしい人がいるから、今度きいておこうか？」

といってしまった。

「ほんと？　ありがとう」

吉岡さんの顔が、パッと明るくなる。

「あ、いや……」

ぼくが頭をかいている間に、吉岡さんは何度もお礼をいいながら帰っていった。

窓の外に目をやると、冬の青空に、ちらほらと雲がうかんでいる。

多々良小学校の五年二組に転校してきてから、もうすぐ半年がたとうとしているけど、吉岡さんと会話をした記憶はほとんどなかった。

吉岡さんはどちらかというとおとなしいタイプで、休み時間も自分の席で、静かに本を読んでいることが多い。

それが、急にどうしたんだろうと首をかしげていると、

「いまの、吉岡だろ？」

慎之介がやってきて、ポンとぼくの肩をたたいた。

「めずらしいな。なにを話してたんだ？」

「それが、おまじないを知らないかって……」

「おまじない？」

慎之介が眉をひそめる。

「うん。ぼくなら霊感があるから、だれも知らないような強力なおまじないを知ってるんじゃないかっていうんだけど……」

そういって、ぼくは慎之介の顔を見つめた。

たしかに、ぼくには霊感がある。

幼稚園時代を、ここ多々良市ですごしたぼくは、五年前、父さんの転勤で町をはなれたんだけど、去年の夏、またこの町にもどってきた。

そして、ぼくの霊感は、どうやらこの町とすごく相性がいい（悪い？）らしく、帰ってきたとたん、幽霊や妖怪によく遭遇するようになったのだ。

同級生でそのことを知っているのは、幼稚園のときに仲がよくて、もどってからも一緒にいろいろな体験をしている慎之介と園田さんくらいなんだけど……。

ぼくの視線の意味に気づいて、慎之介は小きざみに首をふった。

「おれはなにもいってねえぞ」

「そうだよね」

怪談ぎらいの慎之介が、わざわざそんなことをいいふらすとは思えない。

ぼくが首をかしげていると、

「わたしもいってないよ」

慎之介のうしろから、園田さんがひょいと顔をだした。

「浩介くんの霊感は、幼稚園のときからちょっと噂になってたから、ほかにも気づいてる人がいたのかもね」

「でも、どうしてぼくなんだろ？　そういう話なら、園田さんのほうがくわしそうなのに……」

園田さんは怖い話が大好きな、怪談マニアなのだ。

だけど、園田さんは笑って首をふった。

「おまじないなら、わたしよりも美鈴ちゃんのほうが知ってると思うよ」

「美鈴ちゃん？」

「吉岡さんのこと」

「え？　そうなの？」

ぼくは思わずふりかえった。

だけど、吉岡さんの姿はとっくに教室からなくなっていた。

園田さんによると、吉岡さんは占いやおまじないに関しては、学年一といっていいくらいにくわしいらしい。

そういえば、たまにほかのクラスの女子が吉岡さんをたずねてきているけど、あれは占いの相談にきていたのか。

「だったら、自分でやればいいのに」

ますます不思議に思って、ぼくがつぶやくと、

「霊感のある浩介なら、自分の知らないような、すごいおまじないを知ってると思ったんじゃないか？」

慎之介がそういって、黒板の横にあるカレンダーに目をやった。

そういえば、もうすぐバレンタインデーだ。

「でも、おまじないをするときは気をつけないと、大変なことになるよ」

園田さんが深刻な顔でささやいたので、

「どうして？」

反射的にききかえしてしまって、ぼくはあわてて口を押さえた。

慎之介が非難するような目でぼくをにらむ。

反対に、園田さんの目がかがやきだした。

園田さんは、きくのと同じくらい、怪談を人に話すのが大好きなのだ。

「だって、強力なおまじないほど、いろんなものを呼びよせる力があるんだから……」

こうなると、もうだれにも止められない。

ため息をつくぼくと慎之介を前にして、園田さんはなれた口調で語り始めた。

『おまじない』

「はあ……」

夕陽のさしこむ放課後の教室で、わたしは小さくため息をついた。

クラスのみんなはとっくに帰ってしまい、一年二組の教室にのこっているのは、わたしひとりだけだ。

ため息の原因は、同じクラスの高橋くんのことだった。

中学校の入学式で一目ぼれして以来、わたしはずっと高橋くんに片思いをしていたのだ。

高橋くんは見た目もかっこいいし、勉強やスポーツもできるので、ねらってる女子もけっこういるらしい。

それにくらべて――

わたしは手鏡を開いて、自分の顔を見つめた。

どこにでもいそうな、平凡な顔。

特別スタイルがいいわけでも、勉強ができるわけでもない。

いま告白しても、成功する可能性はほとんどゼロだろう。

わたしは恋愛がうまくいくといわれているおまじないを、いろいろためしてみた。

消しゴムに好きな人の名前を書いて、だれにも見られずに使いきる。

シャーペンで、好きな人と自分の名前の文字の数だけ芯をだして、その芯が折れないようにハートをぬりつぶす。

ピンクの紙をハートの形に切りぬいて、相手と自分の名前を書いて、半分に折って枕の下にしいて寝る。

だけど、高橋くんとの関係はなにも変わらなかった。

告白に失敗して気まずくなるくらいだったら、友だちのままのほうがいい。だけど、かわいくて男子に人気のある香織が、高橋くんをねらっているという噂もあるし……。

「もっと効き目のあるおまじないはないのかな……」

わたしがそうつぶやいたとき、

「ねえ」

ふいに、耳元で声がした。

だれもいないと思っていたわたしが、びっくりして顔をあげると、窓のそばに髪の長い女の子が立っていた。

夕陽で逆光になっていて、顔はよく見えない。

こんな子、同じクラスにいたかな、と思っていると、

「絶対に恋がかなうおまじないを教えてあげようか？」

その子はささやくような声でそういった。

わたしは、相手がだれかを考える前に、反射的にうなずいた。

「教えて。どうやるの？」

女の子が教えてくれたおまじないは、単純なものだった。

赤い糸を塩水にいれて、ある呪文を三回となえる。そして、そのまま塩水に一晩つけた赤い糸を半分に切って、おたがいの体の同じ場所にまけば、相手との距離が一気にちぢまるというのだ。

「同じ場所？」

「そう。たとえば、小指のつけねとかね」

「でも、糸なんて、どうやってまいてもらえば……」

自分の小指を見ながら、わたしは口をとがらせた。理由を話すことなく、小指に赤い糸をまいてもらう口実なんて、あるだろうか。

「それじゃあ、たとえばこんな方法はどう？」

女の子の話をきいて、わたしは感心した。たしかに、それなら可能かもしれない。

「ありがとう。やってみる」

わたしは女の子の手をにぎると、カバンを手に教室をとびだした。

その日の夜、わたしはさっそく赤い糸を塩水につけると、女の子に教えてもらった呪文を三回となえて、ベッドに入った。

そして、翌朝、ある準備をしてからわたしは家をでた。

チャンスがおとずれたのは、二時間目の休み時間のことだった。

高橋くんが、机に手を置いて友だちとしゃべっていたので、

「ねえねえ、それってさあ……」

強引に話に入っていくふりをして、わたしは机にドン、と強く手をついた。

「いてっ！」

わたしの爪に小指をひっかかれた高橋くんが、悲鳴をあげて手をひっこめる。

「あ、ごめん」

わたしは謝りながら、すばやく高橋くんの手をつかむと、

「ちょっと血がにじんでるみたい」

そういって、ポケットからばんそうこうをとりだした。

「いいよ、これくらい」

えんりょする高橋くんに、

「だめだって。ほんとにごめんね」

そういいながら、小指の根元にすばやくばんそうこうをまいていく。

そして、席にもどってから、自分もこっそり同じ場所にばんそうこうをまいた。

ばんそうこうのうら側には、あの赤い糸がはりつけてあるので、これで同じ場所に赤い糸をまいたことになるはずだ。

ドキドキしながらまっていると、その日の放課後、高橋くんのほうから話しかけてきた。

「ちょっと話があるから、途中まで一緒に帰らないか」

話というのは、妹の誕生日が近いんだけど、なにをプレゼントしたらいいのかわからないから、相談にのってほしいというものだった。

告白されたわけではなかったけど、ふたりきりで話せたので、わたしは満足だった。

ところが、その翌日。授業が終わって、わたしが「きのうの話のつづきをしながら、一緒に帰らない？」とさそうと、

「ごめん。きょうはちょっと約束があるんだ」

高橋くんは、そういって、そっけなく手をふった。

「——それ、どうしたの？」

わたしは、彼の手首にまかれたリストバンドに目をとめた。

「ああ、これ？　なんか、これをつけてると手首がやわらかくなって、シュートがうまくなるんだって」

バスケ部の高橋くんはそういって、シュートを打つポーズを見せた。

「須田がスポーツショップで見つけてきてくれたんだ」

「須田って……香織にもらったの？」

「うん」

わたしは香織の姿をさがした。

窓際の席で、友だちとおしゃべりをしていた香織は、わたしの視線に気づくと、わざと見せつけるように右手をあげて、ひらひらと手をふった。

その手首には、まっ白な包帯がまいてある。もしかしたら、香織もあのおまじないの話を聞いたのかもしれない。

だとしたら、きっとあの包帯の内側には、赤い糸がはりつけてあるのだろう。

「高橋くん」

香織に名前を呼ばれて、まるでなにかにひっぱられるように、いそいそとかけよる高橋くんのうしろ姿を、わたしはなにもできずに見送った。


放課後。わたしがひとりで教室にのこっていると、あの女の子があらわれた。

わたしは女の子につめよった。

「赤い糸のおまじない、香織にも教えたでしょ」

「あら、だってわたし、あなたにしか教えないなんていってないわよ」

そういわれて、わたしはくちびるをかんだ。

「それじゃあ、もっと強力なおまじないを教えてよ」

「あのおまじないが一番いいのに」

女の子は、フフッと笑った。

「犠牲が少ないわりに、効果が大きいんだから。それとも、もっと犠牲が大きいおまじないをためしてみる？」

ぐっと体を近づけてくる女の子に、わたしは机に体をぶつけながらあとずさった。

女の子のりんかくが、ゆらりとゆれる。

ふいに、教室が暗くなったような気がして、わたしはくらりとめまいを感じた。

「ねえ……いいこと教えてあげようか？」

額に手をあてるわたしの耳元で、女の子はやさしくほほえみながらささやいた。

「あのおまじないは、できるだけ体の重要な部分に、糸を何重にもまいたほうが、効果が大きくなるのよ」


「じゃあな」

午後十時。

塾から帰ってきて、駅をでた高橋くんは、駐輪場へとむかう友だちに手をふると、イヤホンを耳にはめながら歩きだした。

駅からはなれるにつれて、人通りはどんどん少なくなっていく。

音楽をきいている高橋くんは、わたしがあとをつけていることに、まったく気づいていないみたいだ。

線路の下をくぐる短い地下道に足をふみいれた瞬間、途中でひろった大きな石で、わたしは高橋くんの後頭部をがつんとなぐった。

「う……」

高橋くんはうめき声をあげながら、つめたいコンクリートの上にたおれた。

わたしはいったん地下道をでて、血のついた石を線路のわきにほうりなげると、高橋くんのそばにかけもどった。

「高橋くん。どうしたの？　だいじょうぶ？」

「え？　ああ……だれかがいきなりうしろから……」

混乱している様子の高橋くんを、近くの公園までつれていって、ベンチに座らせる。

「すぐに手当てしてあげるからね」

わたしは高橋くんの頭にガーゼをあてると、その上から包帯を何重にもまきつけた。

もちろんわたしも、内側に赤い糸を何重にもまきつけたヘアバンドをつけている。

暴漢といれかわるように、救急セットを手にしてあらわれたわたしを、高橋くんは不思議そうに見ていたけど、包帯をぐるぐるまいていくうちに表情が変わっていった。

そして、まきおわったときには、高橋くんは熱にうかされたような顔でわたしを見つめていた。

「ありがとう……なんてやさしい子なんだ……もしよかったら、ぼくとつきあってくれないか……」


「また明日ね」

学校からの帰り道。

わたしは高橋くんと手をふって別れた。

あれから一週間。赤い糸を頭にまきつづけたせいか、高橋くんはわたしのいうことを、うたがうことなく、なんでもきいてくれるようになっていた。

そのおかげで、警察にも病院にもいかずに、毎日わたしが包帯をかえてあげているのだ。

頭に包帯をまいて登校してきた高橋くんの姿を見て、わたしがなにをしたのかわかったのだろう。香織はあれ以来、手をだしてこなくなった。

あの女の子によると、相手の心を確実に自分のものにするためには、一週間から十日くらいはまきつづけたほうがいいらしい。

頭のけがが治ったら、今度はおなかにでもまいてもらおうかな……。

はずむ足どりで家にむかっていると、

「あの……」

うしろから急に呼び止められた。

足を止めてふりかえると、同じクラスの男の子が立っていた。

何度かしゃべったことはあると思うんだけど、あまり印象にのこっていない。

そういえば、何日か前、放課後の教室で、香織がこの子と真剣な顔でなにかしゃべっていたような……。

「なにか用？」

相手がだまっているので、わたしのほうから声をかけると、

「どうして……」

男の子はそうつぶやいて、わたしのほうに近づいてきた。

その手からは、赤い糸がだらりとぶらさがっている。

「え？」

わたしは危険を感じてあとずさろうとしたけど、足がもつれてころんでしまった。

男の子はわたしにおおいかぶさって、ヘアバンドをむしりとった。そして、

「どうしてぼくの気もちに気づいてくれないんだ！」

そうさけぶと、赤い糸をわたしの首にまきつけて、一気にしめあげた。

うすれていく意識の中で、その子の首に何重にもまかれたまっ赤な糸だけが、あざやかにわたしの目にうつった。


女の子が首をしめられる光景を想像して、ぼくは顔をしかめた。

「ね？　おまじないって、怖いでしょ？」

園田さんが話をしめくくる。

「うん。でも……」

慎之介は神妙な顔でうなずいて、ぼくの顔を見た。

慎之介の考えていることがわかって、ぼくもうなずきかえした。

おまじないもたしかに怖いけど、本当に怖いのは、それを使う人間だよな……。


「おまじない？」

文机にむかって書き物をしていた山岸さんは、ぼくの言葉に手を止めて顔をあげた。

となりでは、つやつやとした毛並みのまっ黒なネコが、大口をあけてあくびをしている。

「そうなんです」

本だなのほこりをはねぼうきではらいながら、ぼくはうなずいた。

「なにか、いいおまじないを知りませんか？」

隣人の山岸さんは、表むきは作家兼郷土史家ということになっているけど、じっさいには怪談収集家として、古今東西の怪談を集めていた。

それも、ただの怪談ではない。山岸さんいわく〈本物の怪談〉だけを集めて、『百物語』という怪しげな本を完成させようとしているのだ。

そして、ぼくはある事情から、そんな山岸さんの助手をつとめていた。

いつもと同じうす紫色の着物を着た山岸さんは、天井を見上げながら、

「そうだな……だったら、こんなのはどうだろう」

と前置きをして話しだした。

「まず四人集まって、部屋を暗くしてから、部屋の四すみにひとりずつ立つんだ。それから、順番に壁づたいに歩いて、となりのすみに立っている人の肩を……」

「それって、幽霊を呼び出すおまじないですよね？」

ぼくはあわてて止めた。

「四すみさま」といって、四人がまわり終えたとき、だれもいないはずの最初のすみに、なにかがあらわれるというものだ。

「そういうのじゃなくて、恋愛系のおまじないなんですけど……」

「恋愛成就か……それじゃあ、絶対確実なやつを教えてあげよう」

「お願いします」

「まず、霊力の高い霊山に、七日間こもるんだ。その間、もちろんのまず食わずで、一日五時間の滝行と……」

「あの……」

ぼくは途中でストップをかけた。

「ふつうの小学生でもできそうなやつはないですか？」

「注文が多いなあ」

山岸さんは眉をよせた。

黒ネコが同意するように「にゃあ」とないて、あわい金色の右目と、深い海のような青色の左目でぼくを見上げる。

「いっておくけど、本気で願いをかなえようとするなら、それなりの代償は必要になるからね」

「はあ……」

その実感のこもった口調に、ぼくは思いだした。

山岸さんが完成をめざしている『百物語』という本は、どうやらなにかの願いをかなえるために必要なものらしい。そのために山岸さんは、たぶん気の遠くなるような長い年月をかけて怪談を集めているのだ。

もっとも、この人の場合、怪談集めはほとんど趣味になっている気もするけど……。

「小学生でもできるやつか……」

山岸さんは、しばらく腕をくんで考えていたけど、やがて腕をとくと、

「比較的手軽で強力なやつもあるけど、こういうケースもあるからな……」

そういって、たんたんとした口調で話しだした。

Ｓさんは、同じ会社に好きな男性がいた。

その人はＴさんといって、仕事もできるし性格もよく、とても人気のある人だった。

どうしてもＴさんとつきあいたいと思ったＳさんは、あるとき、縁結びで有名な近所の神社にでかけた。

その日は雪がちらつく寒い日で、ほかに参拝する人の姿はなかった。

Ｓさんがおさいせんをいれて、長い間祈っていると、

「ねえ、あなた……」

腰のまがった小柄なおばあさんが、声をかけてきた。

「もしかして、恋愛成就をお願いしにこられたの？」

そのやさしい口調につりこまれるように、Ｓさんが「はい」とうなずくと、

「それじゃあ、こちらにいらっしゃい」

おばあさんは参道をはずれて、境内のすみにむかって歩きだした。

Ｓさんがあとをついていくと、そこはたくさんの絵馬がかけられた絵馬掛所だった。

何枚かの絵馬を手にとってみたけど、そのほとんどが恋愛成就か、交際相手との結婚を

ねがう内容の絵馬だ。

「これをごらんなさい」

おばあさんは、うらになにも書かれていない、一枚の絵馬をさしだした。

一見、なんのへんてつもないふつうの絵馬だけど、よく見ると、そのひものところが、ほかのものと少しちがっていた。

ただの麻なわではなく、なにか黒いものがあみこまれている。

「髪の毛よ」

おばあさんはおっとりとした口調で、上品にほほえんだ。

そして、神社のいい伝えについて話しだした。


いまから百年以上前の話。

神主のむすめが、ある男と恋仲になった。

ところが、由緒ある神社のむすめと村人との恋を、神主はこころよく思わなかった。

そこで、地元の有力者でもあった神主は、むすめに交際を禁じるだけではなく、男を村八分にしてしまったのだ。

そのせいで、食べるものもなく、医者にもみてもらえなくなった男は、重い病にたおれてしまった。

神主のむすめはなげき悲しみ、男とともに川に身をなげて命を絶った。

川下にうちあげられたふたりの亡骸を前に、反対したことを後悔した神主は、むすめと相手の男の髪の毛をよりあわせてひもをつくり、拝殿にささげた。

それ以来、男女の髪の毛をよりあわせてできたひもで絵馬をかけると、そのふたりはかならずむすばれるといい伝えられているらしい。

「だれにでも教えるわけじゃないんだけどね。あなたは、とくに熱心におがんでらしたから」

おばあさんはそういって、フォッフォッと笑った。

翌日、Sさんは朝一番に出社すると、みんなの机をそうじした。

そして、Tさんの机から何本かの髪の毛をひろい集めると、自分の髪の毛とよりあわせて、短いひもをつくった。

そのひもを絵馬にむすびつけたSさんは、おばあさんにいわれたとおり、夜中の零時に神社をおとずれ、拝殿に手をあわせてから掛所に絵馬をつるして、恋愛成就をねがった。

Sさんにしてみれば、万が一でもうまくいけば、というぐらいのつもりだったけど、それ以来、同じ仕事をまかされたり、街でばったりあったりと、Tさんとの縁がつづくようになり、やがてふたりはつきあうようになった。

そして、あの絵馬をかけてからちょうど一年後、TさんがSさんにプロポーズして、ふたりはついに結婚することになった。

ところが、結婚式の直前になって、悲劇がおこった。

Tさんが、出張先で事故にあって亡くなってしまったのだ。

Sさんはなげき悲しんだ。

それでもなんとかお通夜とお葬式にでて、マンションに帰ってきた夜のこと。

Sさんがベッドの上で、Tさんのことを思いだしていると、どこからかSさんを呼ぶ声がきこえたような気がした。

え？　と思って顔をあげたSさんは、悲鳴をあげた。

われた頭から血を流し、腕はちぎれ、足がおかしな方向におれまがったTさんが、すぐ目の前に立っていたのだ。

恐怖のあまり、Sさんがこおりついていると、Tさんは血まみれの顔でほほえんで、

「一緒にいこう」

といった。

「だって、きみとぼくは、絶対にはなれられないんだから……」

Sさんは、ふっと気を失った。

次に気がついたときには、病院のベッドの上だった。

翌朝、会社にこないSさんを心配した同僚が、マンションをたずねて、たおれているSさんを発見したらしい。

Sさんはすぐに病院にはこばれたけど、原因不明の高熱に、うわごとをくりかえしていたため、そのまま入院することになった。

「うわごと?」

熱でもうろうとしながらSさんがきくと、同僚はうなずいて、

「あなた、ずっと『ごめんなさい……わたしはいけません……』ってくりかえしてたのよ」

といった。

その日の夜、S（エス）さんが病室の白い天井（てんじょう）を見上げながらうとうとしていると、ベッドの横にT（ティー）さんがあらわれて、

「**もうすぐ一緒（いっしょ）になれるね**」

と、Sさんに話しかけた。

Sさんはふるえあがってナースコールを押（お）したけど、看護師（かんごし）さんがやってきたときには、Tさんの姿（すがた）はどこにもなかった。

次の日も、その次の日も、夜になるとTさんはあらわれた。

その姿も、はじめはおぼろげだったものが、だんだんとはっきりしたものになっていく。

しかも、どうやらTさんの姿が見えるのはSさんだけらしく、お見舞（みま）いにきた同僚（どうりょう）や看護師さんにうったえても、

「ショックだったのね」

「ゆっくり休みなさい」

というばかりで、まったく信じてもらえなかった。

そして、結婚式をあげる予定だった日の前夜。

高熱にうかされながら、Sさんはふと、あの絵馬のことを思いだした。

あの絵馬がなくなれば、Tさんもあきらめてくれるかもしれない。

日付が変われば、きっとつれていかれると思ったSさんは、ふらふらの状態で病院をぬけだして、タクシーで神社へとむかった。

だけど、絵馬の数が多すぎて、どれが自分のものかわからない。

いつのまにかTさんがすぐそばにあらわれて、自分の体にぴったりとはりついている。

絵馬を見つけられないまま、時間だけがすぎていき、ほとんど意識を失いかけたとき、Sさんはようやく自分の絵馬を見つけて、引きちぎるようにして掛所からはずすと、ライターで火をつけた。

まっ暗な境内に、小さな炎がめらめらと燃えあがる。

同時に、Tさんの気配がはなれて、体がふっと軽くなった。

Sさんがじゃりの上にひざをついて、大きく息をしていると、すぐそばにTさんが悲しそうな顔で立っていた。

「ごめんなさい。わたし、そっちにはいけないの」

Sさんが体を起こして泣きだすと、

「いいんだよ」

Tさんは、生きていたころと同じ、やさしい笑みをうかべて、首をふった。

そして、ねっとりと、まとわりつくような口調でいった。

「一緒にいくのが無理なら、ぼくがずっとそばにいてあげるから」


「え……」

思わず声がもれる。

Sさんが助かって、ハッピーエンドだと思っていたんだけど、いまの最後の台詞をきくかぎり、なんだか微妙な終わり方だった。

「えっと……結局、Sさんは助かったんですよね？」

確認のためにぼくがきくと、山岸さんは肩をすくめて「まあね」とうなずいた。

「ただ、その縁結びは本当に強力なもので、絵馬を燃やしたぐらいでは、ふたりの縁は切れなかったんだ」

「どういうことですか？」

「だから、Ｓさんをつれていくことはできなかったけど、ＴさんはＳさんのそばにいるんだよ——いまもずっと」

そのささやくようないい方に、ぼくは背筋がスッとつめたくなるのを感じた。

強力すぎるおまじないも考えものだな、と思っていると、

「しかたないよ。〈呪い〉と〈呪い〉は、同じ字を書くんだから」

山岸さんが、まるでぼくの心を読みとったようにいった。

たしかに、どちらも同じ「呪」という漢字を使う。

ぼくが感心していると、

「呪いもお呪いも、本質的には同じものだからね」

山岸さんは、にっこり笑っていった。

「黒魔術も白魔術も、魔法にはちがいないだろ？　相手の気もちを意のままにして恋をかなえることができるなら、それはもう、呪いと変わらないんじゃないかな」

次の日の放課後。

終わりの会で連絡事項を伝え終えると、担任の三浦先生は教室をひととおり見まわしてから口を開いた。

「それから、最後にもうひとつ。今年もバレンタインデーが近づいてますが、例年同様、お菓子類の校内へのもちこみは禁止です」

「えー」

女子の間から、不満の声があがる。

対照的に、男子からはなんの声もあがらなかったけど、女子の目を意識するような、微妙な空気が流れた。

終わりの会が終わると、吉岡さんが音もなく近づいてきた。

「あの話、きいてきてくれた？」

「あ、ごめん。まだなんだ」

正確には「きいたけど役に立ちそうな情報はなかった」なんだけど、こう答えておいたほうが無難だろう。

「そっか……」

肩をおとす吉岡さんに、

「でも、吉岡さんも占いとかおまじないにはくわしいんだよね？」

ぼくがそういうと、吉岡さんはこくりとうなずいて、小さな声でいった。

「知ってるおまじないは、いちおうためしてみたんだけど……」

あんまり効果がなかったのだそうだ。

「やっぱり、あれしかないのかなあ……」

「なに？」

「この間、ある人にきいたんだけど『まどうさま』っていうおまじないがあるんだって」

「まどうさま？」

「うん。すごくよく効くおまじないらしいの。それで、高浜くんにお願いがあるんだけど……」

吉岡さんは上目づかいに切りだした。

「そのおまじないには、相手の人の髪の毛が必要なのよ」

「え？」

ぼくはドキッとした。

きのうの山岸さんの話を思いだしたのだ。

「それで、ある男の子の髪の毛を、なんとかしてもらってきてくれないかな、と思って……」

「それって、縁結びのおまじない？」

ぼくの言葉に、吉岡さんは耳まで赤くなって、わずかにうなずいた。

「あの……まさかとは思うけど、髪の毛を絵馬にむすんだりはしないよね？」

「絵馬？　なんのこと？」

吉岡さんは首をかしげた。

吉岡さんがきいた方法では、自分の髪の毛と相手の髪の毛を、お札と一緒に半紙に包んで、枕の下にしいて寝るのだそうだ。

「それだけで、告白の成功率がすごくあがるんだって」

「それって、しいて寝るだけでいいの？」

「えっと、それから……」

吉岡さんはメモをとりだした。

それによると、半紙に自分と相手の名前を書いて、寝る前に「まどうさま、まどうさま、おたのみします」と三回となえないといけないらしい。

「その〈まどうさま〉って、いったい何者なの？」

ぼくがきくと、吉岡さんは空中に指で文字を書いた。

「まどうさまは『惑うさま』って書いて、とまどったりこまったりしてる人をみちびいてくれるんだって」

「でも、それって……」

こっくりさん、エンジェルさん、守護霊さま……呼び方はいろいろあるけど、修行をしていない素人が呼び出すものは、どれも低級な動物霊にすぎないと、山岸さんにきいたことがある。

ぼくがその話をすると、

「だいじょうぶよ。まどうさまはお札も使うし、ちゃんとした方法だっていってたんだから」

吉岡さんは、少しふきげんそうにいいかえした。

「その方法を教えてくれたのって、どんな人？」

ぼくがさらにたずねると、

「それは……いえないの。約束したから」

吉岡さんはキッと口をむすんで、それから少し涙をうかべてぼくをにらんだ。

「高浜くん、わたしのじゃまをするつもり？」

「いや、別にそういうわけじゃ……」

ぼくが口ごもっていると、

「もういい。自分でなんとかする」

吉岡さんは怒って教室をでていってしまった。

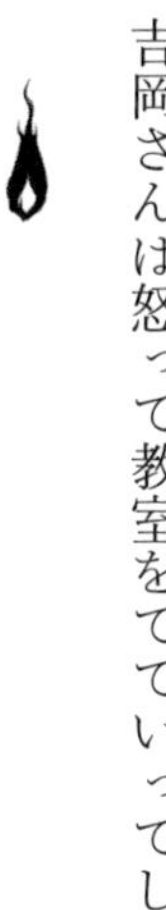

家に帰って宿題をしていると、母さんに買い物をたのまれたので、ぼくは父さんが店長をつとめているアイマートというスーパーにむかった。

ぼくの父さんは、もともとこの町のアイマートで店員をしていたんだけど、五年前、ぼくの卒園と同時に本社に呼びもどされた。

だけど、どうしても現場で働きたかったので、希望をだしつづけていたら、今度リニューアルオープンすることになった同じ店に、店長としてもどってくることができたのだ。

ぼくが買い物カゴを片手に、メモを見ながら買い物をしていると、

「あれ？　浩介くん？」

バレンタインの特設コーナーの前で、園田さんとばったりあった。

どうやら、お菓子づくりの材料を買いにきたようだ。

ぼくたちはおたがいの買い物をすませると、ジュースを買って、出口のそばにあるイー

トインコーナーに座った。

「チョコレートのもちこみ禁止って、つまんないよね」

園田さんが口をとがらせる。

「園田さんも、だれかにあげる予定だったの？」

ぼくがちょっとドキッとしながらきくと、

「うん」

園田さんはあっさりとうなずいた。

「え、それって……」

もしかして、だれかに告白するつもりなのかな、と思っていると、

「いちおう、みんなにあげる予定。あ、浩介くんのもあるから、楽しみにしててね」

園田さんは笑顔でいって、ジュースをのんだ。

「あ、うん。ありがと」

ぼくは、はずかしいのとうれしいのがまじったような気もちで答えた。

「でも、学校にチョコをもってくるのって、昔は禁止じゃなかったみたいよ」

園田さんが店内の人の流れをながめながら、ぽつりといった。

「そうなの？」

「うん。だって、うちの学校でこんなことがあったって、きいたことがあるもん」

そういって、園田さんは語り始めた。

『バレンタインの約束』

「美紀、調子はどう？」

はるかの問いかけに、病院のベッドの上で、美紀はよわよわしくうなずきました。

「うん、だいじょうぶ。わざわざお見舞いにきてくれて、ありがとう」

ふたりは多々良小学校の五年生。

美紀はおさないころから体がよわくて、入退院をくりかえしてきたのですが、先週、大きな発作を起こして、また入院することになってしまったのです。

「それより、もうすぐバレンタインだね。はるかはだれかにあげるの？」

美紀の言葉に、はるかは笑って首を横にふりました。

「そんな相手、いないって」

「ほんとに？」

美紀はかすかに笑みをうかべて、はるかの顔をのぞきこみます。

「和樹くんにわたさなくても、だいじょうぶなの？」

「和樹？　まさか。ないない」

はるかは首と手を同時にふりました。

和樹くんははるかの幼なじみで、少しやんちゃだけど、かっこよくてスポーツもできるので、クラスでも人気があります。

美紀はしばらくの間、はるかの表情をうかがっていましたが、やがてベッドサイドのテーブルの引きだしから、ピンクのかわいい紙袋をとりだすと、

「それじゃあ、これ、和樹くんにわたしてくれない？」

といいました。

「え……」

はるかは目をまるくして、何度もまばたきをしました。

「美紀って、和樹が好きだったの？」

その言葉に、美紀はわずかに首をかしげてほほえみました。

「うん、まあね。――お願いしてもいいかな？」

はるかは手をのばして紙袋をうけとると、胸をたたいてうなずきました。

「わかった。まかせておいて」


「あーあ、どうしよう」

病院からの帰り道。

はるかは天をあおいでため息をつきました。

美紀にはいいだせなかったのですが、じつははるかも今年は、和樹くんにチョコレートをあげて告白しようと思っていたのです。

ふられたらはずかしいから、もしうまくいったら、美紀に報告しようと思ってたのに……。

引きうけてしまった以上、美紀をうらぎることはできないけど、自分の気もちにもうそはつきたくないし……。

なやんだまま、バレンタイン当日をむかえたはるかは、和樹くんを放課後の公園に呼びだすと、

「本命だから」

といいながら、まずは自分のチョコレートを和樹くんにわたしました。

和樹くんがびっくりした様子で、顔を赤くします。

そして、美紀からのチョコレートをわたそうとしたとき、

「じつはおれも、はるかに告白しようと思ってたんだ」

和樹くんがとつぜん、そんなことをいいだしたのです。

はるかはおどろきのあまり、美紀からのチョコレートをわたすタイミングをのがしてしまいました。

和樹くんとつきあうことになって、家に帰ったはるかは、ベッドの上に座ると、美紀のチョコレートを前に頭をかかえました。

「あー、どうしよう……」

結局、和樹くんからも告白してきたわけだから、これをわたしても結果は同じだっただろうけど……。

今度お見舞いにいったとき、美紀に正直に打ちあけよう——はるかがそう決心したとき、窓の外に、悲しそうな美紀の顔がうかびました。

「美紀！」

はるかがさけぶと、美紀の顔は、スーッと消えていきました。

はるかが呆然としていると、お母さんが部屋にとびこんできて、かたい表情で口を開きました。

「いま、美紀ちゃんのお母さんから電話があって、美紀ちゃんが……」

美紀のお葬式が終わって、部屋にもどってきたはるかが、たましいがぬけたようにぼんやりとしていると、コンコン、と窓をたたく音がして、カーテンがふわりとゆれました。

え？　と思ってカーテンをあけると、窓の外に美紀の顔がうかんでいます。

はるかが思わずあとずさると、美紀はゆっくりと腕をあげて、はるかの背後を指さしました。

ふりかえると、そこには机の上に置いたままの紙袋がありました。

やっぱりうらんでるよね、と思ったはるかは、泣きながら美紀に謝りました。

「ごめんね、美紀」

ところが、美紀は首をふって、もう一度紙袋を指さすと、なにかを開くようなしぐさを見せました。

「え？　なに？」

はるかが袋をのぞくと、チョコレートの箱の下に二通の手紙が入っていました。

一通は和樹くんあて。そしてもう一通には、なぜか『はるかへ』とあります。

中身を読んで、はるかはおどろきました。

じつは、美紀ははるかの気もちにうすうす気づいていたのです。だけど、自分の気もちがおさえられなかったので、入院する前にこっそり和樹くんに告白をして、そのときに和樹くんから、はるかのことが好きだから、という理由で断られていたのだそうです。

手紙には「ぬけがけしてごめんね。でも、くやしいから、一度だけいたずらさせて」と書いてありました。

そして、「はるかも本当は和樹くんのことが好きだと思うよ」という手紙を、和樹くんにあてて書いていたのです。

はるかあての手紙の最後は、

「和樹くんと仲よくしてね。もしけんか別れするようなことがあったら、わたしがもらうからね」

とむすばれていました。

はるかが涙をうかべながら顔をあげると、窓のむこうで、美紀がにっこり笑ってスーッと消えていきました。

「うまくいって、よかったね」

話をきいて、ぼくがホッとしながらそういうと、

「ここで終わってたらね」

園田さんは意味ありげにほほえんで、話をつづけた。


それ以来、毎年バレンタインデーになると、はるかのもとには美紀から手紙がとどくようになりました。

内容は、ただ一行。

「まだ別れないの？」

手紙は毎年、かばんの中や机の上に、いつのまにかあらわれます。

返事をだそうにもあて先がわからないので、はるかは毎年、バレンタインの翌日になる

と、美紀のお墓参りをして、和樹くんとの仲を報告するのが習慣になりました。

そして、五年がたち、はるかは高校生になりました。

今年は、和樹くんにチョコレートをあげるつもりはありません。

和樹くんは、塾で知り合った別の高校に通う女の子と、こっそりつきあっているようです。

しかも、たまたまふたりのデートを目撃した友だちによると、ふたりではるかのことをばかにしていたというのです。

「わたしがもらうからね」

はるかは、今年もくるはずの美紀からの手紙を楽しみにしています。

「それからしばらくして、和樹くんは行方不明になっちゃったんだって」

話をきき終わって、ぼくはがっくりと肩をおとした。

せっかくいい話で終わりそうだったのに、結局怖い話になってしまった。

幽霊がでてきてもいいから、せめてハッピーエンドにしてもらえないかなあ、と思っていると、

「そういえば、山岸さんって、チョコレート食べるのかな？」

園田さんがとうとつに、そんなことをいいだした。

「さあ……食べるんじゃない？」

山岸さんがふつうの人間かどうかはともかく、ご飯もお菓子も食べているところを見たことがあるので、たぶんだいじょうぶだろう。

「山岸さんにもあげるの？」

「うん。妖怪の形のチョコとか、つくってみたらおもしろいかなと思って。よろこんでくれるといいんだけど……」

「だいじょうぶ。よろこんでくれると思うよ」

不安そうに視線をゆらす園田さんに、ぼくは力強くうなずいてみせた。

それから数日後。慎之介がめずらしく、学校を休んだ。

園田さんによると、急に熱がでてたおれたらしい。

とりあえず、ぼくたちは学校が終わってから、慎之介の家にお見舞いにいくことにした。

「なんだか、急に力がでなくなっちゃってさ」

学校のプリントをもってぼくたちがたずねると、ベッドに横になったまま、慎之介は力なくほほえんだ。

「病院にはいったの？」

ぼくはきいた。

「いちおういったんだけど、インフルエンザとかじゃなかったし、明日はいけると思う」

慎之介はそういったけど、まっ青な顔色がその言葉をうらぎっていた。

結局、次の日も慎之介は学校にこなかった。

「入院するみたい」

園田さんからきかされて、ぼくはびっくりした。

「入院？」

「うん」

なんでも、原因不明の高熱がつづいているうえ、意識がもうろうとしはじめたため、急遽入院することになったらしい。

「慎之介、だいじょうぶかな……」

園田さんとそんな話をしている間、吉岡さんが、視界のはしでこちらをチラチラと気にしているのが見えたので、ぼくは昼休みになると、吉岡さんを校舎うらによびだした。

「話って、なに？」

吉岡さんは、かたい表情でぼくを見た。

「ちがってたらごめん」

ぼくはまっすぐに見かえしながらいった。

「吉岡さんがおまじないをしようとした相手って、もしかして慎之介？」

「だれでもいいでしょ」

吉岡（よしおか）さんはすぐにいいかえしたけど、顔がまっ赤になっていた。

「いや、もちろんいいんだけど……」

ぼくはあわててつづけた。

「ひとつだけ教えてくれないかな。この間話してたおまじない……〈まどうさま〉は、もうやったの？」

吉岡さんは、ふてくされたようにだまっていたけど、やがてかすかにうなずいた。

「そのおまじないを教えてくれた人って、どんな人だった？　男の人？　女の人？」

ぼくはさらにきいた。

ぼくが心配しているのは、かげ男のことだった。

かげ男というのは、山岸（やまぎし）さんの昔からのライバルみたいな存在（そんざい）で、山岸さんが完成をめざしている『百物語』の本を、横からうばおうとねらっていた。

そのうえ、怪談体質（かいだんたいしつ）のぼくを自分のなかまに引きいれるため、ぼくのまわりもまきこんで、いろいろとしかけてくるのだ。

吉岡さんは、うかがうような目でこちらを見ていたけど、やがてぽつりと、

「女の人だった」

といった。

「すごくきれいな人で、わたしが神社にお参りしてたら、『なにかなやんでることがあるの?』って話しかけてきて……」

「神社?」

ぼくがききとがめると、吉岡さんは、あっ、というように口に手をあてた。

どうやら、口止めされていたみたいだ。

「神社って……」

「なんでもない! 高浜くんには関係ないでしょ。もう、ほっといてよ!」

吉岡さんは目に涙をうかべて、走り去っていった。

そのうしろ姿を見送りながら、ぼくの頭には「呪いもお呪いも、本質的には同じものだからね」という山岸さんの言葉がうかんでいた。

結局、かげ男は関係なかったみたいで、ぼくは少し安心した。

だけど、慎之介の高熱と、吉岡さんの妖しげなおまじないとの関係が気になったので、山岸さんに相談しようかと迷っていると、次の日、今度は吉岡さんが学校を休んだ。

心配になってお見舞いにいくと、青い顔でベッドに横たわっていた吉岡さんは、ぼくの顔を見るなり、

「高浜くん、わたし、どうしよう……」

そういって、泣きだしてしまった。

「もしかしたら、あのおまじない、本当によくないものだったのかも……」

「吉岡さん、おちついて」

ぼくはとりあえず、吉岡さんをなだめた。

「そのおまじないについて、くわしいことを話してくれる？」

吉岡さんは、血の気のない顔でうなずいた。

吉岡さんがおまじないをかけたかった相手――それはやっぱり慎之介だった。

バレンタインデーを前に、どうしても告白を成功させたかった吉岡さんは、そのための

おまじないをいくつもためしてみた。

だけど、どれも効果がなさそうだったので、近所にある縁結びで有名な神社にお参りにいったところ、

「もしかして、縁をむすびたい人がいるのかしら？」

着物姿の、すごくきれいな女の人が、声をかけてきた。

吉岡さんが、ためらいながら「そうなんです」と答えると、その人はにっこり笑って、

「それじゃあ、特別に、絶対に効くおまじないを教えてあげましょう」

といった。

それが〈まどうさま〉だったのだ。

しかも、その方法は、この間ぼくに話してくれたのとは、微妙にちがっていた。

「正直に話したら、引いちゃって、協力してくれないと思ったから……」

自分と相手の髪の毛を、特別なお札と一緒に半紙に包むところまでは同じなんだけど、女の人が教えてくれたやり方では、その半紙を夜中の零時に神社の木の下にうめないといけないらしい。

吉岡さんは、この数日の間に、ひそかに慎之介の髪の毛を手にいれて、自分の髪と一緒に神社にうめたのだ。

「そのお札って、どんなのだったかおぼえてる？」

「あ、気になったから、あとで調べようと思って、書きうつしたのがあるけど……」

吉岡さんにことわって勉強机の引きだしをあけると、ノート半分くらいの大きさの白い紙を、ぐるりと囲むようにして、びっしりと謎の文字が書かれたものが入っていた。

「これ？」

「うん」

ぼくはあらためて、そのお札らしきものを見た。たしかに雰囲気があって、なんだか効果がありそうだ。

「これ、借りていってもいいかな？　見せたい人がいるんだ」

ぼくはお札のうつしを手にして、吉岡さんの家をあとにした。

「これは〈魔道さま〉だね」

ぼくから話をきいて、お札のうつしを目にするなり、山岸さんはあっさりとそういって、メモ用紙に漢字で〈魔道さま〉と書いた。

「魔道……さま？」

「うん。魔道ってわかるかな？」

ぼくは首をふった。きいたことはないけど、使われている漢字からして、あまりよい意味ではなさそうだ。

「魔道というのは、仏教でいうところの六道のさらに外。完全に道を外れた、文字通り悪魔の道のことだよ」

山岸さんの言葉に、ぼくは身ぶるいした。

山岸さんはお札のうつしに顔を近づけて文字を読んでいたけど、やがて、

「すごいな」

とつぶやいた。

「なにがすごいんですか？」

「恋愛成就のお札なんてとんでもない。これは、相手を呪殺するためのお札だよ」

「ジュサツ？」

「呪い殺すこと。しかも、自分の命を引きかえにした、相当強力なやつだ」

ぼくはまっ青になった。

山岸さんによると、お札には呪術に使われる特別な文字で、

「わたしの命と引きかえに、この者をあの世に送ってください」

と書かれているらしい。

「現世では恋がみのらなかったから、いとしい相手とあの世で一緒になりたい――ようするに、無理心中を願うお札だね」

「そんな……」

吉岡さんが、そんなことを願うわけがない。

「その神社にいた女っていうのが怪しいな」

山岸さんはあごをなでながらいった。

「おそらく、この世の者ではないだろう。この世になにかうらみがあって、相手をえらばずに呪いをひろめてるんじゃないかな。真剣に願いごとをしている人に声をかけて、魔道さまのお札をわたし、呪いをかけさせる。呪殺の方法としては、シンプルだけど確実だ。たしか、髪の毛を包んで土にうめたっていってたね？」

「はい」

「髪の毛でよかったよ」と、山岸さんはいった。

「呪殺には、自分と相手の体の一部を使うんだ。これが血とか指だったら、一日ももたなかったかもしれない。髪の毛というのは、体の中でも身代わりになる力が弱いから、呪いが完了するまで時間がかかるんだ」

「完了するまでって……どれくらいですか？」

「たぶん……三日から四日」

指折り数えて、ぼくは血の気が引いていくのを感じた。

慎之介がたおれた前の日の夜に、吉岡さんがお札をうめたとすると、明日が三日目になる。

「神社にうめられたお札をほりだせば、呪いはとけるんでしょうか」

ぼくの言葉に、山岸さんはむずかしい顔で「うーん」とうなった。

「呪いが確実に作用しているところを見ると、おそらく、その女が術者として呪術をおこなっているんだろう。そうなると、ただほりだしただけでは、呪いはとけないかも……」

「それじゃあ、どうしたら呪いがとけるんですか？」

ぼくが山岸さんにつめよると、

「なにしろ、時間がないからね……」

山岸さんは肩をすくめた。

「それに、今夜はどうしてもはずせない用事があって、ぼくはうごけないんだ。浩介くん、ひとりでできるかい？」

「はい」

ぼくはすぐにうなずいた。

友だちの命がかかっているのだ。

「わかった。それじゃあ、呪いをとくにあたって、ひとつ教えてもらってもいいかな？」

「なんですか？」

身をのりだすぼくに、山岸さんは真剣な顔できいた。

「浩介くん、いま好きな子はいるのかい？」


夜中の零時になるのをまって、ぼくは神社の鳥居をくぐった。

参道を歩いて、まっすぐ拝殿にむかうと、柏手をうって目をとじる。

「あの子からチョコレートがもらえますように……」

そして、そのままじっと手をあわせていると、

「ねえ……」

とつぜん、うしろから声をかけられた。

ふりかえると、参道から少しはずれたところにあるご神木(しんぼく)の下に、白い着物(きもの)を着た女の人が立っていた。

「もしかして、好きな人がいるの?」

「はい、そうなんです」

ぼくはドキドキしながら答えた。

「でも、どうやったらうまくいくのかわからなくて……」

「だったら、いい方法を教えてあげましょうか?」

女の人はにっこりほほえみながら近づいてきた。

「いい方法ですか?」

「ええ。好きな人とむすばれる、絶対確実(ぜったいかくじつ)な方法よ」

二月の真夜中だというのに、女の人は着物の上になにもはおらず、寒そうなそぶりも見せない。

つめたい夜風に長い髪(かみ)をなびかせる姿(すがた)は、まるで昔話の雪女のようだった。

「自分と相手の髪の毛を、このお札と一緒に半紙に包んで、夜中の零時にこの木の下にうめなさい。そうすれば、あなたたちはかならずむすばれるわ」

あの世でね——心の中でつぶやきながら、ぼくはさしだされたお札をうけとった。

そして、さらに一歩足をふみだすと、手をのばして、女の人の髪の毛をすばやくつかんだ。

幽霊の髪の毛がつかめるのか、ちょっと心配だったけど、ぼくに霊感があるおかげなのか、たしかな手ごたえとともに、何本かの長い黒髪が手の中にのこった。

女の人の顔が、一瞬にしておそろしい形相に変わって、おそいかかってくる。

髪の毛をお札にはさみながら、にげようとしたぼくは、あせりすぎて、じゃりに足をすべらせてしまった。

目の前に女の人がせまってくる。

ぼくがお札をうばわれないように、かたくにぎりしめていると、

「フギャ————ッ！」

闇にまぎれてかくれていた黒ネコが、ぼくの頭をジャンプ台にして、女の人の顔にとびついた。

「キャ――――ッ！」

女の人は、さけび声をあげながら両手をばたばたとふりまわした。

黒ネコはするどい爪で女の人をひっかきまわしながら、ぼくのほうをチラッとふりかえった。

遠くにある街灯の明かりをうけて、金色の右目がきらりと光る。

ぼくはうなずきかえすと、お札をにぎりしめて拝殿へと走った。

そして、力いっぱい鈴を鳴らすと、

「まどうさま、まどうさま、おかえしします」

と、早口で三回くりかえして、拝殿にむかってお札を思い切りなげつけた。

すると、お札は空中で青白い炎をあげながら、一気に燃えあがった。

「ギャ――――ッ！」

うしろでさけび声がきこえる。

ふりかえると、女の人が青白い炎に包まれて、そのまま夜の闇に消えていった。

黒ネコが息をきらして、肩を上下させている。

ぼくは木の下から、吉岡さんがうめた半紙をほりだした。
中にはお札と、髪の毛が何本か入っている。
ぼくはお札をとりだすと、まっぷたつにやぶった。
これで、とりあえずは呪いが止まるはずだ。
あとは、これをもって帰って、山岸さんにちゃんと呪いをといてもらえばいい。
「ありがとう。助かったよ」
ぼくが声をかけると、黒ネコはぼくを見上げて、にゃあとないた。

「はい、どうぞ」
園田さんがさしだした、かわいくラッピングされた袋を、ぼくはちょっとてれながらうけとった。
「ありがとう」
「よかったじゃないか、浩介くん」

山岸さんが、にやにやしながら声をかける。

ぼくはそんな山岸さんを横目でにらんだ。

たしかに呪いをとくためには、女からお札をうけとる必要があったのかもしれない。だけど、熱心にお参りするふりをすればいいだけで、好きな子がいるかどうかを山岸さんにいう必要はなかったんじゃ……。

ぼくが心の中でぶつぶつとつぶやいていると、

「山岸さんもどうぞ」

園田さんが、同じ袋を山岸さんにもさしだした。

「おや、ぼくにもくれるのかい？　ありがとう」

バレンタインデー当日の放課後。

ぼくたちは山岸さんの家をたずねていた。

「あら、かわいいプレゼントね」

障子があいて、黒いパンツスーツに身を包んだ女の人が、お茶をはこんできた。

山岸さんの秘書らしいけど、どういう仕事をしているのかはあいかわらず謎だ。

「秘書さんもどうぞ」

園田さんが袋をさしだす。

「あら、ありがとう」

秘書さんは、あわい金色の右目と、深い海のような青い左目をほそめて、にっこり笑った。

「慎くん、来週には退院できそうだって」

園田さんがお茶をのみながらいった。

お札を山岸さんに供養してもらった直後から、慎之介の体調は一気によくなっていた。

ただ、しばらくつづいた高熱で体力がおちているのと、（あたり前だけど）原因がわからなかったため、もうしばらく入院するらしい。

「慎之介には、チョコレートはわたさなかったの？」

「今朝、おばさんにあずけてきた」

園田さんはそういうと、

「そういえば、美鈴ちゃん、どうなったのかな？」

と首をかしげた。

吉岡さんが慎之介に思いをよせていることは、園田さんには話していない。

「どうなったって……おまじないのこと？」

ぼくがいうと、園田さんはうなずいた。

「さあ……でも、おまじないって、あんまりよくないいんじゃないかな」

「どうして？」

「だって、おまじないで告白が成功しても、それは本当の気もちじゃないような気がするし」

ぼくの言葉に、園田さんは湯のみを両手で包むようにもちながら答えた。

「うーん……たしかに相手の気もちを変えちゃうようなおまじないは、あんまりよくないのかもしれないけど……たとえば、席がとなりになりますようにとか、学校にいく途中でばったりあえますように、っていうおまじないだったらいいんじゃない？」

なるほど。それなら相手の心を変えたりするわけじゃないから、いいかもしれない。

「おかしないい方だけど、願いの大きくないおまじないなら、害はないだろうね」

山岸さんが、ラッピングのリボンをほどきながらいった。そして、

「結局、それがお呪いになるか呪いになるかは、使う人がきめるんだよ」

そういうと、袋からとりだした河童の形のチョコレートを、口の中にほうりこんだ。

第二話　山岸良介の日常

ぼくの言葉に、慎之介はベッドの上で体を起こすと、病人とは思えない元気な顔でうなずいた。

「検査の結果しだいだけど、たぶんだいじょうぶだと思う」

日曜日の午後。ぼくと園田さんは、入院している慎之介のお見舞いにきていた。

〈お呪い〉ならぬ〈呪い〉の影響で高熱がつづいていた慎之介の体調は、お札を燃やしたとたん、あっというまに回復したんだけど、なにしろ高熱の原因が不明だったため、検査が長引いていたのだ。

「結局、なんの病気だったんだろうね」

園田さんの言葉に、慎之介は苦笑いをうかべて肩をすくめた。

「なにかの祟りだったりして」

慎之介の台詞に、ぼくは一瞬ドキッとしながら、「まさか」と笑った。

慎之介の入院の原因が、吉岡さんのおまじないにあることは、ふたりにはもちろん話していない。

結局、吉岡さんは慎之介に、バレンタインのプレゼントをしなかったみたいだ。

これにこりて、ふつうの方法で告白してくれたらいいんだけど……。

ぼくがだまっていると、園田さんが心配そうにぼくの顔をのぞきこんだ。

「どうしたの、浩介くん」

「あ、いや、なんでもない……。早く退院できるといいな」

そのとき、ちょうど看護師さんが部屋に入ってきたので、いれかわるようにして、ぼくたちは病室をあとにした。

山岸さんいわく怪談体質のぼくは、いるだけで怪談を引きよせてしまうので、病院のような場所には、できればあまり長居したくない。

きょうは朝から雲ひとつない青空がひろがっていて、風もなく、二月にしてはずいぶんとあたたかい日だった。

病院をでて、交差点で信号まちをしていると、

「あれ？」

と園田さんが声をあげた。

「あそこにいるの、山岸さんじゃない？」

「え？　どこ？」

目をほそめると、交差点のむかい側に、うす紫の着物に黒いはおりをはおって歩く山岸さんの姿が見えた。

左肩に黒ネコをのせて、たもとに手をいれている山岸さんは、人通りが多い交差点でも、ひときわめだっていた。

「どこにいくんだろう」

ぼくはつぶやいた。

山岸さんとは、家の近所とか、怪談の調査先で行動を共にすることはよくあるけど、こ

ういうふつうの町中で出会うことはあまりなかった。

「あとをつけてみない？」

園田さんが、いたずらっぽくほほえんだ。

たしかに、山岸さんが日ごろ、いったいなにをしているのか、興味がある。

それに、うまくいけば、山岸さんを尊敬している園田さんに、山岸さんの妖しげな姿を見てもらえるチャンスかもしれない。

ぼくたちは信号が青に変わるのをまって、尾行をはじめた。

相手はあの山岸さんなので、すぐに気づかれるかもしれないけど、そのときは「偶然ですね」というつもりで、ぼくたちは十メートルくらいうしろをついていった。

病院は急行電車のとまる大きな駅の近くにあるんだけど、山岸さんは駅とは反対方向に、すたすたと歩いていく。

たしか、この先には市営のグラウンドと大きな市民公園があるはずだ。

しばらく歩いたところで、山岸さんが急に足を止めたので、ぼくたちはあわてて自動販売機のかげに身をかくした。

そっと様子をうかがうと、小さな石づくりの祠の前にしゃがんで、手をあわせている。

その祠のそばでは、小学一年生くらいの男の子が、悲しそうな顔で山岸さんをじっと見つめていた。

その姿に、ぼくは肌がピリピリするのを感じて、ビクッとした。

ぼくは霊の気配を感じると、肌がピリピリすることがあるのだ。

立っている場所も不自然だし、あの男の子はもしかして――と思っていると、

「あの祠って、たしか中にお地蔵さまがいたんじゃなかったかな……」

園田さんがささやくような声で語りだした。

『うそつき』

いまから五、六年前のこと。

両親とまち合わせをしていた小学一年生の男の子が、歩道につっこんできた車にはねら

れて亡くなるという事故があった。

それ以来、事故が起こった時間帯にこの道を通りかかると、男の子が立っていて、

「ねえ、ぼくのお父さん知らない？　お母さんはどこ？」

と、声をかけてくるという噂がたった。

あるとき、噂を知らない若者が、偶然事故のあった場所で車をとめて休憩していると、

「ねえ、ぼくのお父さん知らない？　お母さんはどこ？」

男の子があらわれて、そう話しかけた。

じつは、若者はひったくりをくりかえして、警察からにげているところだった。

うばったお金もとっくに使いはたして、こまっていたこの若者は、男の子がいい身なりをしているのに目をつけて、

「お父さんとお母さんにあわせてあげるよ」

やさしく声をかけると、男の子を車に乗せた。

両親に連絡をして、身代金を要求しようと考えたのだ。

ところが、車が走りだすと、

「ねえ、お父さんとお母さんのところにつれていってくれるんだよね？　お父さんは、どこにいるの？　会社？　おうち？」

男の子が何度もきいてくるので、若者はだんだんといらいらしてきて、

「知らねえよ。生きて家に帰りたかったら、ちょっとだまってろ！」

助手席の男の子に、大声でどなった。

すると、男の子の目がみるみるうちにつりあがり、口はゆがんで、頭から大量の血を流しながら、うらめしそうな顔で若者をにらんだ。

「だましたね……」

「うわ——っ！」

若者は悲鳴をあげて、運転席でとびあがった。

道はちょうどカーブにさしかかっていたけど、パニックになった若者は、思いきりアクセルをふみこんで、そのままコインパーキングの看板につっこんでいった。

救急隊が到着したとき、車に乗っていたのは若者ひとりで、男の子の姿はどこにもなかったけど、若者の話によると、男の子は激突してめちゃくちゃになった車の中で、最後にひ

とこと、

「うそつき」

とつぶやいて、姿を消したそうだ。


「——その事故というか事件がきっかけになって、あそこに祠とお地蔵さまが建てられてからは、男の子の幽霊はでなくなったんだって」

話をしめくくる園田さんに、

「え？」

ぼくはびっくりして、思わず声をあげた。

「どうしたの？」

「あ、いや……」

ぼくはもう一度祠に目をむけた。

それじゃあ、祠のうしろに立っている、あの男の子はいったいだれなんだろう。

肌がピリピリしているということは、この世のものではないと思うんだけど……。

混乱している間に、山岸さんがようやく立ち上がって歩きだしたので、ぼくたちも尾行を再開した。

前を通りながら、チラッとのぞくと、祠の中ではお地蔵さまがおだやかな顔でほほえんでいた。

男の子から目をそらして、そのまま通りすぎようとしたとき、

「見えてるんでしょ？」

耳元で、おさない声がぽつりときこえた。

山岸さんは、そこからさらに五分ほど歩いて、金網にかこまれた広いグラウンドの中に入っていった。

駐車場にはたくさんの車がとまっていて、グラウンドからはにぎやかな声がきこえてくる。

そして、その入り口には大きなアーチがかかっていた。

〈第二十八回　多々良フリーマーケット〉

どうやら、大きなフリーマーケットが開かれているみたいだ。

「せっかくだから、ちょっとよっていこうよ」

園田さんがはしゃいだ声でアーチをくぐる。

入場は自由みたいなので、ぼくも園田さんのあとを追った。

フリマには、引っこす前に何度かつれていってもらったことがある。そのときは、父さんが古い映画のパンフレットを買ったり、母さんが庭のガーデニングの飾りを買ったりしていた。

だけど、こんなに大規模なのは初めてだ。

たぶん、いつもは野球やサッカーに使われているのであろう広い敷地に、レジャーシート二枚分くらいの店が、数えきれないくらいならんでいた。

山岸さんは、ときおり足を止めて店先をのぞきこみながら、ぶらぶらと歩きまわっている。

なにか目あてのものがあるのかな、と思っていると、

「あ、これかわいい」

園田（そのだ）さんが足を止めて、ピンクのブローチを手にとった。

「いいでしょ？　全部手作りよ」

オレンジのバンダナをまいた若（わか）い女の人が、園田さんに笑いかける。シートには、手作りっぽいアクセサリーがたくさんならんでいた。

「ちょっと見ていってもいい？」

園田さんはそういうと、ぼくの返事をまたずに、その女の人と話しはじめた。

いつのまにか、山岸（やまぎし）さんを尾行（びこう）するという目的はわすれてしまったらしい。

まあ、せっかくの日曜日だし、別にいいか、と思いながら、ぼくもお店を見てまわることにした。

見たところ、お店には大きくわけて、三種類あるみたいだ。

ひとつは、家であまったものを売りにきた店で、女の人の服とか子ども服、子ども用のおもちゃ、古本、もらいものの食器のセットなんかがならんでいる。

ふたつめは、手作りのものを売っているお店で、さっき園田さんが足を止めたアクセサリーとか、フェルトでつくった人形、オリジナルのポストカード、自作の詩を売っている人もいる。

そしてあとひとつが、変ないい方だけど、お店みたいな店だ。

同じおもちゃを十個も二十個も売っていたり、ボールペンが箱ごとならんでいたりするので、もしかしたら本当にお店で売れのこった商品をもってきているのかもしれない。

見ていると楽しくなってきて、ぼくもなにか買っていこうかな、と思っていると、

「あれ？　高浜くん？」

店先にしゃがみこんでいた女の子が、とつぜん立ち上がった。

「吉岡さん」

ぼくは目をまるくした。

「偶然だね」

「高浜くん、もしかして狭間くんのお見舞い？」

狭間くんというのは慎之介のことだ。

「うん。いまいってきたところ。吉岡さんも？」

ぼくがききかえすと、吉岡さんはめがねをかけた顔をふせて、首を横にふった。

「そのつもりで駅まできたんだけど、結局勇気がでなくて……すごく迷惑かけちゃったから、謝りたいんだけど、どう謝ったらいいのかわからないし……」

「おまじないのことは、いわないほうがいいと思うよ。吉岡さんに悪気があったわけじゃないんだし、本人も気づいてないみたいだから」

ぼくはなるべく明るい口調でいった。

怪談ぎらいの慎之介にとっては、知らないほうが幸せだと思う。

「それに、その話をするには、事情を全部話さないといけなくなるだろ？」

ぼくの言葉に、吉岡さんの耳が赤くなった。

慎之介に呪いがかかってしまった経緯を説明するには、吉岡さんが慎之介に告白しようとしていたことも、話す必要があるのだ。

「もうすぐ退院できそうだしね……あ、でも、お見舞いにいくのはいいんじゃないかな。せっかく近くまできてるんだから」

直接アプローチする勇気がでれば、あやしげなおまじないには手をださないだろうし、とは口にはださなかった。

「そっか……そうだよね」

うんうん、とうなずいている吉岡さんがのぞいていた店に目をやって、ぼくはドキッとした。

シートの上には、おどろおどろしい文字で〈オカルト専門店〉と書かれたプレートが置いてある。

「ここって……」

ぼくが問いかけると、吉岡さんはうなずいた。

「おもしろそうなお店でしょ?」

「こりてないなあ」

ぼくはため息をついた。吉岡さんは、ぶんぶんと首をふって、

「そうじゃないの。ああいう目にあわないためには、日ごろからもっと勉強しておかなきゃって思ったの」

そういうと、商品をひとつ、手にとった。

それは、小型のカキ氷機のような形をしていた。

「これなんか、便利そうじゃない？」

「なに、それ？」

見たところ、なにをするためのものなのか、まったく見当がつかない。

「それは、自動盛り塩装置の〈盛り塩くん〉だよ」

とつぜん、店番をしていたおばあさんが話しかけてきた。

紫のフードをかぶって、紫のコートをはおったそのおばあさんは、吉岡さんの手から装置をうけとると、円すい形の部品の下に小さなお皿を置いて、スイッチを押した。

さらさらさら、と塩がおちてくるのと同時に、ういーん、と円すい形の部分がおりてきて小皿にきれいな山を形づくる。

「タイマーをセットしておくと、毎日決まった時間に、塩を盛っておいてくれるんじゃ」

おばあさんは、物語の魔女みたいな口調で説明した。

「もちろん、センサーで塩の量を感知するから、盛りすぎてこぼれることはないぞ」

「でも、盛り塩って、何日かに一回しておけば十分なんじゃ……」

ぼくがつぶやくと、おばあさんはニヤリと笑った。

「それは、なんのさわりもない場所でのことじゃろう。霊が集まるような危険な場所では、盛り塩は、一日もすればどろどろにとけてしまう。そんなとき、これを部屋の四すみに置いておけば、悪いものの侵入をゆるすことはないのじゃ」

「はあ……」

たしかに、四すみの塩がつぎつぎととけていったら、ひとりで山盛りにしてまわるのは大変だ。

もっとも、タイマーで盛った塩に、除霊の効果があるのかどうかは疑問だけど……。

ぼくがだまったのを、感心したと思ったのか、

「この〈盛り塩くん〉、ひとつ千円じゃが、いまなら四つで二千五百円にまけておくぞ」

おばあさんは積極的に売りこんできた。

となりに目をやると、そこには手鏡が二枚と小さな虫とり網がセットになった〈悪魔捕獲セット〉が置いてあった。

説明書きには「午前零時に鏡をむかいあわせることで、悪魔があらわれます。悪魔はあわせ鏡のむこう側から近づいてきて、こちらの鏡にとびうつるので、その瞬間、網ですばやくつかまえてください」と書いてある。

ほかにも、こっくりさん用の紙が五十枚セットとか、ダウジング用の針金が二十本セットとか、まるでホームセンターだ。

盛り塩くんを前にして、本気でなやんでいる吉岡さんに、

「それじゃあ、またね」

と声をかけて、ぼくはその場をはなれた。

どうやらこの一角は、その手のお店が集まっているらしく、似たようなお店がたくさんならんでいる。

その中のひとつの店の前で、ぼくは足を止めた。

そこはオカルトグッズというより、オカルトそのものがならんでいる店だった。

たとえば、どろどろでさびだらけの三輪車が置いてあって、こんなただし書きがついている。

「夜中になると、ひとりでに走りまわる三輪車。乗っていた子どもが事故で亡くなって以来、一緒に遊んでくれそうな子どもをさがしてさまよっている。子どもが乗ると、そのままどこかにつれていかれる」

そのとなりには、ダイヤル式の黒電話。

「線をつながなくても、夜中の二時になると鳴りだす電話。元の持ち主はひとりぐらしのおばあさんで、夜中に発作を起こして助けを呼ぼうとしたけれど、受話器に手をかけたところで亡くなってしまった。それ以来、おばあさんが亡くなった午前二時になると、電話がかかってきて、『たすけて……』という声がする」

ほかにも、どす黒い血のようなよごれがついたタオルや、顔のわれた陶器製の人形、背もたれのところに「ユルサナイ」とまっ赤な文字が書かれた学校のいすなんかがならべてあって、そのすべてにそのものにまつわる短い怪談が書いてあった。

ちなみに、値段はすべて「応相談」だ。

「どうだい？　ひとつ買っていかないかい？」

大学生くらいの若い男の人が、木製の折りたたみいすに座って、ぼくに笑いかける。

「もちろん、すべて怪談こみの値段だよ」

ぼくは首を横にふった。

怪談がうそならただのがらくただし、本物だったら、なおさらいらない。

そろそろ園田さんと合流しようかな、と思ってオカルトエリアをはなれたぼくは、ある店の前で、ふと立ち止まった。

そこはどうやら動物をかたどった雑貨ばかりを集めた店のようで、その中の、黒ネコが前足に顔を乗せていねむりしている貯金箱が目にとまったのだ。

「それ、いいでしょ」

髪をオレンジ色に染めた若い女の人が、にこやかに話しかけてきた。

ぼくはうなずいて、黒ネコを手にとった。ちょうど、貯金箱がほしいなと思っていたところだったのだ。

「つぶれた雑貨屋さんから、ただ同然で大量に引きとったから、安くしとくよ」

人形とか鏡ならともかく、貯金箱におかしな祟りや呪いはついていないだろう。

ぼくは二百円でその貯金箱を買って、山岸さんをさがした。

山岸さんは、意外な店の前で足を止めていた。

そこは子ども服やおもちゃを売っている店で、赤ちゃんをだっこした女の人が商品をのぞいている。

店番をしているのは、こちらも若い女の人だ。

山岸さんはうすい紫色のランドセルを指さして、店の人となにか話していた。

まさか、あれを買うつもりじゃないよな、と思っていると、山岸さんはお金をはらって、手にしていたふろしきにランドセルを包みだした。

ぼくが首をかしげていると、

「こんなところにいたんだ」

園田さんが、大きなトートバッグを肩にかけてあらわれた。

どうやら、このバッグもどこかのお店で買ったものらしい。

「ねえねえ、これ見て」

はしゃいだ声でバッグからとりだしたのは、一足のスニーカーだった。

「これ、限定モデルで、ほしかったけど高くてあきらめてたの」

ふつうにお店で買ったら五千円はするスニーカーが、なんと五百円で売っていたらしい。

「それってだいじょうぶ？」

ぼくは心配になって園田さんにきいた。

「だいじょうぶって？　ああ、サイズ？　だいじょうぶ、ちゃんとためしばきしたから」

「そうじゃなくて、なにか変ないわれがあるとか……」

「別にないと思うけど……」

園田さんはきょとんとした顔で首をかたむけた。

「買ったけど、すぐに足が大きくなって、あわなくなっちゃったんだって。浩介くんは、なにか買ったの？」

「ぼくは……」

ぼくがぶらさげていたビニール袋をあけようとしたとき、「にゃあ」と声がした。

足元を見下ろすと、黒ネコがぼくたちを見上げて、くいっくいっと手まねきしている。

「やあ、奇遇だね」

顔をあげると、山岸さんが手をあげながら近づいてくるところだった。

「いつから気づいてたんですか？」

ぼくは腰に手をあてててきいた。

「え？　なにが？」

山岸さんがとぼけた顔でききかえす。

「ぼくたちの尾行です。気づいてたんでしょ？」

「まあね」

山岸さんは笑った。

「尾行するなら、もっとうまくしなきゃ。それより、ふたりともおなかすかない？」

グラウンドの周辺には、屋台がいくつも並んでいる。

ぼくと園田さんはベンチに腰をおろすと、山岸さんに買ってもらった肉まんをほおばった。

食べながら、ぼくはさっきのオカルトエリアのことを話した。

「山岸さんも、見にいってみたらどうですか？　もしかしたら、本物の怪談がまじってるかも……」

「あそこのは全部、でたらめだよ」

山岸さんはそういって、たい焼きにかぶりついた。

「え？　そうなんですか？」

「うん。まあ、売ってる本人は、もしかしたら信じてるのかもしれないけどね。本物は、自分からは主張せずに、ひっそりと存在しているものだよ」

フリマの会場をあとにして、用事があるという園田さんと別れると、ぼくと山岸さんはさっきの祠にむかった。

祠のそばの男の子が、山岸さんを見てうれしそうな顔をする。

「じつはこのランドセルは、呪われたランドセルなんだよ」

山岸さんはそういって、さっきのふろしき包みをほどいた。

「呪われたランドセル？」

せおっていた子どもが事故にでもあったのだろうか。それにしては、新品みたいにきれいだけど……。
「もともとは、ある男の子のために、ご両親が入学の半年も前に買っておいたランドセルなんだけどね……」

男の子は、入学する前から毎日のようにランドセルをせおっては、小学校に通うのを楽しみにしていた。

ところが、入学直前、男の子は事故で亡くなってしまったのだ。

両親は、手元に置いておくと子どものことを思いだしてつらいからと、ランドセルを小学生の子どもがいる親戚にゆずって、引っこしていった。

数日後、その親戚の子どもが夜中に泣きながら、両親の寝室にとびこんできた。

おちついてから話をきくと、机に置いたランドセルから、しくしくという泣き声がきこえてきたらしい。

まさかと思いながら、両親が子ども部屋にいくと、たしかにランドセルから泣き声がきこえてくる。

両親は相談して、元の持ち主にランドセルを返そうとした。

ところが、どういうわけか連絡がつかない。

その親戚は、よけいに気味が悪くなって、フリーマーケットで知らない人に、ただ同然の値段で売ってしまった。

その後も、ランドセルからは泣き声がきこえるらしく、買った人がそのことをかくしてだれかに売りつけるので、あちこちをてんてんとしていたのだ。

「この子も、ここで事故にあったんですか？」

ぼくが男の子のほうをチラッと見ながらきくと、

「いや、全然ちがう場所なんだけどね……」

と、山岸さんはいった。

怪談の調査中に、偶然であった男の子に、泣いている理由をきくと、自分がせおうはずだったランドセルをさがしているという。

泣き声がきこえるランドセルの噂を耳にしていた山岸さんは、きっと見つけてあげるからといって、男の子をここまでつれてきたのだった。

「お地蔵さまは、子どもの神さまだからね。まちあわせ場所に使わせてもらったんだよ」

山岸さんはそういうと、祠に手をあわせてから、ランドセルを男の子にわたした。

男の子は、それをひょいっとせおうと、スキップするような足どりで、そのままランドセルとともにどこかへ走り去っていった。

家に帰ると、ぼくはさっそく黒ネコの貯金箱を本だなのすみに置いた。
財布から百円玉をとりだして、中にいれる。
カチャン
貯金箱の底にお金があたる音をきいて、ぼくはふと、前に山岸さんからきいた、貯金箱にまつわる怪談を思いだした。

「へーえ、なかなかいい雰囲気じゃん」

大きなお屋敷を前に、邦夫はデジタルビデオカメラをかまえて、はしゃいだ声をあげた。

広い庭はあれはて、外壁はカビが生えたように黒ずんでいる。

窓ガラスもところどころわれていて、いかにもなにかでそうな感じだった。

「だろ？」

はじめがじまんげに胸をはった。

「ここなら、いい映像がとれるんじゃね？」

「ほんとにとるの？」

ふたりのうしろから屋敷を見上げながら、和美が顔をしかめた。

三人は大学の同級生。邦夫がおもしろい動画をネットにアップしたいといったら、はじめが「おもしろいところがある」といって、この廃屋につれてきたのだ。

「幽霊屋敷っていうことは、ここでだれか死んでるんでしょ？」

ところが、和美の問いに、はじめはあっさりと首を横にふった。

「いや、この家では、だれも死んでないんだ」

「おい、どういうことだよ」

カメラから目をはなして、邦夫（くにお）が問いただす。

「だれも死んでなかったら、幽霊（ゆうれい）はでないだろ？」

「それがでるんだよ」

はじめの話によると、かつてこの家には、両親とおさない男の子の三人家族がくらしていた。

ところが、ある週末、遊園地に遊びにでかけた帰り道で、三人が乗った車が玉突き事故（たまつじこ）にまきこまれて、三人とも亡（な）くなってしまった。

トレーラーが爆発（ばくはつ）して、十台近くの車が炎上（えんじょう）する大事故（だいじこ）だったらしい。

事故から数日後、親戚（しんせき）がこの家をおとずれると、だれかが中にいる気配がする。

不審者（ふしんしゃ）が勝手にしのびこんだのかと、カギをあけて家に入ると、リビングから楽しそうな笑い声がきこえてきた。

ふざけたやつだと思って、リビングのドアをあけると——

「焼けてまっ黒になった三つの人かげが、テーブルをかこんで笑ってたんだってさ」

はじめの言葉に、和美がブルッと身ぶるいをした。

こわれた門を押しあけながら、はじめは声をひそめてつけくわえた。

「ここに住んでた家族は、一瞬で焼け死んだから、自分たちが死んだことに気づいてないんだよ」

玄関のドアにはカギがかかっていなかったので、三人は邦夫を先頭にして、家の中に入った。

おそらく、前にも邦夫たちのような集団がきたのだろう。部屋はあらされ、空き缶やペットボトル、お菓子の袋があちこちにほうりだされていた。

怖いというよりも、すさんだ雰囲気だ。

邦夫がそっとドアをあけて、リビングに足をふみいれた。

テーブルセットがそのままになっていて、ほこりはつもっているけど、ほかの部屋にくらべると、きれいなままだ。

だけど、ビデオの画面には、だれもいないリビングがうつるだけだった。

「なんだ。なにもでねえじゃん」

邦夫がつまらなそうにビデオの電源を切る。

「まあまあ。もっと見てみようぜ」

はじめが邦夫の肩をたたいて、三人は二階にあがった。

二階は子ども部屋だったらしく、小さなベッドと勉強机がのこされていた。

「おっ」

邦夫は声をあげて、勉強机の下からなにかをひろいあげた。

それは、まねきネコの形をした貯金箱だった。

上下にふると、ジャラジャラと音がする。

「ラッキー。中身が入ってるじゃん」

「ちょっと、やめときなよ」

和美が顔をしかめた。

「だって、もう死んでるんだろ。だったら、おれが代わりに使ってやるよ」

「たたられても知らないからね」

「だいじょうぶだって」

結局、邦夫（くにお）はへらへら笑いながら、その貯金箱（ちょきんばこ）をもって帰ってしまった。

その日の夜。邦夫の携帯（けいたい）電話に、非通知で電話がかかってきた。

電話にでても、なにもきこえない。

いたずらかよ、と思って切ろうとしたとき、おさない子どものかぼそい声がきこえてきた。

「かえして……」

ひっ！　とのどの奥（おく）で悲鳴をあげて、邦夫は電話を耳からはなした。

しばらくしてから、おそるおそる耳元に近づける。

すると、やっぱり子どもの声が、さっきよりも強い口調できこえてきた。

「かえして」

　邦夫は電話を切って、部屋のすみにほうりなげた。

　だけど、深呼吸をして気もちがおちつくと、これはだれかのいたずらじゃないか、という気がしてきた。

　貯金箱をもって帰ったことを知っているやつが、邦夫を怖がらせようと、わざわざ非通知で電話をかけてきたにちがいない。

　ふざけやがって――邦夫が怒っていると、また非通知で電話がかかってきた。

　邦夫は電話にでると、強い口調でどなりつけた。

「おまえ、はじめか？　あ、和美だろ。ふざけるなよ……」

　すると、邦夫の声にかぶさるようにして、

「かえしてかえしてかえしてかえしてかえして……」

電話のむこうの声が、どんどん大きく、そしてかさなりあうようにふえていった。

「かえしてよかえしてよかえせよかえせかえしてかえしてねえかえせかえせよかえしてかえして……」

まるで、電話口で何十人もがいっせいにしゃべっているみたいだ。

邦夫(くにお)はふるえながら電話を切った。

そして、ハッとまわりを見まわした。

部屋にいるのは邦夫だけだ。

それなのに、自分のまわりから、ざわざわざわざわと声がする。

声はだんだん大きく、そしてはっきりときこえてきた。

「かえしてかえしてかえしてかえしてかえしてかえしてかえしてカエシテカエシテカエシテカエシテ……」

どんどん高まっていく声に、邦夫は耳をふさいでしゃがみこんだ。

どれだけたったのか、気がつくと、いつのまにか声はやんでいた。

ホッとして、大きく息をはきだしたとき、ぽん、と肩をたたかれた。

え？と思って、ふりかえると、目のところにぽっかりと穴のあいた、幼稚園児くらいの男の子が、笑顔で邦夫に手をのばしていた。

「ねえ、かえして」

夜があけると、邦夫は貯金箱を手に、あの家へとむかった。

そして、子ども部屋に貯金箱をかえして、手をあわせて帰ろうとしたとき、

「ねえ」

背後で、子どもの声がした。

ふりかえると、目のところがぽっかりとあいた男の子が立っていて、邦夫の手をぎゅっとつかんでいった。

「お兄ちゃん、あそぼ」

その後、邦夫の姿を見たものはいない。


話の内容も怖かったけど、話が終わって、ぼくが、

「あれ？　邦夫がいなくなったんだったら、この話はだれからきいたんですか？」

ときくと、山岸さんはにっこり笑って、

「本人から、直接きいたに決まってるじゃないか」

郵　便　は　が　き

おそれいりますが
切手を
お貼りください

102-8519

東京都千代田区麹町4-2-6　9F
株式会社ポプラ社
児童書事業局
児童編集第一部　行

お買い上げありがとうございます。この本についてのご感想をおよせください。
また、弊社に対するご意見、ご希望などもお待ちしております。

フリガナ お名前		男・女	歳
ご住所	〒　　都道 　　府県		
お電話番号			
E-mail			
ご職業	1.保育園　2.幼稚園　3.小学1年　4.小学2年　5.小学3年　6.小学4年 7.小学5年　8.小学6年　9.学生（中学）　10.学生（高校）　11.学生（大学） 12.学生（専門学校）　13.パートアルバイト　14.会社員　15.教員 16.専業主婦（主夫）　17.その他（　　　　　　　　）		

※いただいたおたよりは、よりよい出版物、製品、サービスをつくるための参考にさせていただきます。
※ご記入いただいた個人情報は、刊行物・イベントなどのご案内ほか、お客様サービスの向上やマーケティング目的のために個人を特定しない統計情報の形で利用させていただきます。
※ポプラ社の個人情報の取り扱いについては、ポプラ社ホームページ（www.poplar.co.jp）内プライバシーポリシーをご確認ください。

本の タイトル	

■この本を何でお知りになりましたか？

1.書店店頭　2.新聞広告　3.電車内や駅の広告　4.テレビ番組
5.新聞・雑誌の記事　6.ネットの記事・動画　7.友人のクチコミ・SNS
8.ポプラ社ホームページや公式SNS　9.学校の図書室や図書館
10.読み聞かせ会やお話会　11.その他（　　　　　　　　　　　　）

■この本をお選びになったのはどなたですか？

1.ご本人　2.お母さん　3.お父さん　4.その他（　　　　　　　　　　　）

■この本を買われた理由を教えてください

1.タイトル・表紙が気に入ったから　2.内容が気に入ったから
3.好きな作家・著者だから　4.好きなシリーズだから　5.店頭でPOPなどを見て
6.広告を見て　7.テレビや記事を見て　8.SNSなどクチコミを見て
9.その他（　　　　　　　　　　　　）

・カバーについて　（とても良い・良い・ふつう・悪い・とても悪い）
・イラストについて　（とても良い・良い・ふつう・悪い・とても悪い）
・内容について　（とても良い・良い・ふつう・悪い・とても悪い）

■その他、この本に対するご意見

■今後どのような作家の作品を読みたいですか？

◆ご感想を広告やホームページなど、書籍のPRに使わせていただいてもよろしいですか？
1.実名で可　2.匿名で可（　　　　　　　　　　　）　3.不可

ご記入いただき、ありがとうございます。今後の出版の参考にさせていただきます。

と答えた。

本人というのが、邦夫なのかその子どもなのかはわからなかったけど、山岸さんのあのときの笑顔が、一番怖かったかもしれない。

ぼくは貯金箱をふった。カランカランと音がする。

まあ、これは幽霊屋敷からぬすんできたわけじゃないし、なにか怨念がこもってることもないだろう。

これで二百円なら、いい買い物をしたな――ぼくは満足して、貯金箱を本だなにもどした。

次の日、学校にいくと、園田さんが足に包帯をまいて登校してきた。

「どうしたの?」

ぼくがびっくりしてきくと、

「ちょっところんじゃって……」

園田さんは首をすくめて苦笑いをうかべた。

きのう、夕方から塾にいった園田さんは、その帰り道でとつぜん自転車ごところんで、足をくじいてしまったらしい。

「ちょっとはれてるくらいで、けがはたいしたことないんだけど……」

それよりも、どうしてころんだのかがわからないの、と園田さんはいった。

「どういうこと？」

「そこはまっすぐな一本道で、ゆるい下り坂なんだけど、スピードもだしてなかったし、ころぶようなところじゃないのよ」

「石かなにかをふんだんじゃない？」

「それなら、ガクンってなるはずでしょ？　全然そんなこともなかったし、なんだか足をだれかに引っぱられたみたいで……」

うつむいた園田さんの足元には、きのう、フリマで買ったスニーカーがならんでいた。

その瞬間、ぼくは肌がピリピリするのを感じた。

「え？」

ぼくは園田さんを見て、それからスニーカーに目をやった。

ぼくに霊感があることを知っている園田さんは、ぼくの様子から気づいたのだろう、

「もしかして……」

とつぶやいて、スニーカーを見下ろした。

「きょう、帰りに山岸さんのところによってみよう」

ぼくがそういうと、園田さんは不安げに眉をよせてうなずいた。


放課後になると、ぼくは園田さんと一緒に学校をでた。

ならんで歩きながら、自転車でころんだときのくわしい状況をきいていると、

「あれ？」

園田さんが急にふらっとよろけて、うちにむかうのとはちがう角をまがろうとした。

「どうしたの？」

「おかしいな……」

園田さんは足を止めて、首をかしげた。

どうやら、足が勝手にちがう方向に進もうとするらしい。

スニーカーが山岸さんの家にいくことをいやがっているのかも――ぼくがそう思ったとき、園田さんが急に走りだした。

「園田さん！」

ぼくはあわてて追いかけた。

だけど、園田さんはぐんぐんとぼくを引きはなしていく。

この先にはたしか、交通量の多い交差点があるはずだ。

「園田さん、くつをぬいで！」

ぼくのさけび声に、園田さんはなんとかくつをぬごうとするけど、止まることができないので、なかなかうまくくつをつかむことができない。

交差点は、すぐ目の前だ。

間にあわない！

ドンッ！

なにかと衝突してはねとばされる園田さんの姿に、ぼくは思わず目をとじた。

そして、そっと目をあけると——

「山岸さん！」

ひっくりかえって、足をバタバタとさせている園田さんのそばに、山岸さんが立っていた。

「そうか」

宙をけっている園田さんの姿に、ぼくはつぶやいた。

「スキーで止まれないときと同じで、ころんでしまえばよかったんだ」

山岸さんは腰をかがめて、園田さんに手

をさしだした。

「だいじょうぶ？　急にとびだすと危ないよ」

園田さんが息をきらして話せる状態ではなかったので、ぼくは山岸さんのそばにかけよって、事情を説明した。

「なるほどね……」

山岸さんはスニーカーをじっと見ながら話をきいていたけど、園田さんのうでをひっぱると、ひょいと背中におぶった。

そして、家につくと、秘書さんをよんで、園田さんの足の手当てをしてくれた。

くじいていた園田さんの足は、無理に走らされたせいで、さらにひどくはれていたのだ。

手当てをうけながら、園田さんがきのうのできごとを山岸さんに説明すると、

「もしかしたら〈呪いのスニーカー〉かもしれないな」

山岸さんはそんなことをつぶやいた。

「〈呪いのスニーカー〉？」

ぼくは顔をしかめた。

「なんですか、それ」

「これは、ある学校につたえられている話なんだけどね……」

『呪(のろ)いのスニーカー』

「ねえ、こんな話知ってる?」

放課後の教室。由梨(ゆり)と可奈(かな)を前にして、千奈美(ちなみ)が話しだした。

「何年か前に、うちの学校の先輩(せんぱい)が、マラソン大会の前に、新しいスニーカーを買ってもらったの。

よろこんだ先輩は、足をならすため、大会の前日にそのスニーカーをはいて学校のまわりを走っていた。

ところが、途中(とちゅう)でくつひもがほどけたので、道ばたでしゃがんでむすびなおしていると、前方不注意の車がつっこんできて、その先輩は亡(な)くなってしまったの。

だけど、事故のあと、いくらさがしても、そのスニーカーは見つからなかったんだって」

「それで？」

由梨が先をうながした。

「その先輩の幽霊が、スニーカーをさがしてさまよってるの？」

千奈美は首を横にふって、にやりと笑うと、ささやくような声でいった。

「それ以来、この話をすると、そのスニーカーがどこからかあらわれて、追いかけてくるらしいよ」

「なによ、それ」

由梨は笑って手をふった。

「そんなの、別に怖くないし」

「そう？」

千奈美はちょっと口をとがらせて、話の途中からずっとうつむいていた可奈に顔をむけた。

「どうしたの、可奈」

声をかけられた可奈は、ハッと顔をあげると、

「なんでもない。わたし、もう帰るね」

なにかに追い立てられるように、かばんを手にして教室をでていった。


〈可奈の場合〉

（さっきのは、なんだったんだろう……）

人気のない帰り道をひとりで歩きながら、可奈は心の中でつぶやいた。

千奈美の話の途中から、三人のまわりを、タッタッタッ、とジョギングをするような足音がぐるぐるとまわっていたので、怖くなった可奈は、じっと身をすくめて目をとじていたのだ。

（きっと、気のせいよね）

可奈がそう自分にいいきかせていると、

タッタッタッタッ……

うしろから、さっききいたのと同じ足音が近づいてきた。

なんとなく気味が悪かったので、先にいってもらおうと、可奈は足を止めて道のはしに体をよせた。

すると、うしろの足音もぴたりと止まった。

え？　と思って、おそるおそるふりかえるけど、暗くなりはじめた道の上に人かげは見当たらない。

ただ、むこうのほうにスニーカーが一足、ぽつんと置かれているような気がする。

いや、よく見ると、そのスニーカーからは白い足がのびていて、ひざから上はスーッと空気にとけこむように消えていた。

背すじがつめたくなった可奈は、前をむくと、早足で歩きだした。

うしろから、足音が同じスピードでついてくる。

可奈が怖くなって、思わず走りだしたとき、キキ——ッ！

横の路地から、急ブレーキの音とともに、自転車がつっこんできた。

可奈は体にはげしい衝撃をうけて——


〈由梨の場合〉


(可奈は怖がりなんだから)

苦笑いをうかべながら、由梨はマンションのエントランスをぬけた。

呪われたスニーカーなんて、あるわけないじゃない。

それに、もしあったとしても、くつが追いかけてくるくらい、別に怖くないし——。

エレベーターに乗って、九階のボタンを押した由梨は、ドアがしまる寸前、だれかが乗りこんできたような気配を感じた。

だけど、ふりかえってもだれもいない。

ドアがしまったエレベーターの中で、ふと足元に視線をおとすと、自分のうしろに一足のスニーカーがならんでいるのが見えた。

しかも、そのスニーカーからのびた足は、ひざから上がなかったのだ。

由梨は一瞬、自分が目にしているものがなんなのか理解できなかったけど、次の瞬間、

「キャ――――ッ！」

とかんだかい悲鳴をあげると、エレベーターのドアをバンバンとたたきながら、階数ボタンをめちゃくちゃに押した。

そして、エレベーターが四階でとまると、ろう下にとびだしていった。

そのままエレベーター横の階段をかけのぼる由梨のうしろから、ジョギングをするかのようなかろやかな足音が追いかけてくる。

タッタッタッタッ……

由梨はさらに速度をあげようとして、足をすべらせ、そのまま階段をころげおちて――

〈千奈美の場合〉

（可奈は信じてたみたいね）

帰り道の途中で由梨と別れた千奈美は、ひとりで歩きながら、くすくすと笑った。

何年か前に事故死した先輩がいて、はいていたスニーカーが行方不明になった、というのは本当だけど、この話をしたらスニーカーが追いかけてくるというのは千奈美の作り話だった。

（それっぽいスニーカーを、明日、可奈のくつ箱にいれておいたら、どんな反応するかな）

そんなことを考えながら、

「ただいまー」

千奈美が玄関のドアをあけてくつをぬぐと、

「あ、千奈美。悪いんだけど、小麦粉と牛乳買ってきてくれない？」

お母さんがキッチンからでてきて、千奈美に財布とエコバッグをわたした。

「はーい」

千奈美はぬいだばかりのくつをはきなおすと、家をでた。

学校をでたときにくらべると、外はずいぶん暗くなってきている。

スーパーは大通りのむこう側にあったので、千奈美の家からは、歩道橋をわたったほうが早い。

きょうはなんだか足が軽いな、と思いながら歩道橋の階段をのぼりきると、千奈美はさらにスピードをあげて、橋をかけぬけた。

肩があたりそうになった男の人が、舌打ちをしてふりかえる。

(ちょっとまって。どうして止まらないの)

自分の意思とは関係なく、勝手に走る足にとまどいながら、千奈美は足元を見て目をうたがった。

自分がはいているのは、さっきぬいだばかりの自分のくつではなく、見たことのないスニーカーだったのだ。

「いや―――っ！」

不思議そうに見ている通行人の間をすりぬけるようにして、千奈美はさけびながら、まるで陸上選手のようなスピードで、どこかへ走り去っていった。


「結局、可奈ちゃんと由梨ちゃんは足に全治一か月のけがをしたそうだよ」

山岸さんはそういって肩をすくめた。

「三人目の女の子はどうなったんですか？」

ぼくがたずねると、

「数時間後に、家からずいぶんはなれた公園のベンチで発見されたらしい。足の筋肉がぼろぼろで、一年ぐらいはふつうに歩けなかったそうだ」

「はあ……」

ぼくは畳の上に置かれたスニーカーに目をやった。

「それが、このスニーカーなんですか？」

「うーん……断言(だんげん)はできないけどね」

山岸(やまぎし)さんはそういって、スニーカーを手にとった。

「これは、ぼくが引きとるよ」

園田(そのだ)さんは、山岸さんが車で家まで送ってくれることになった。

「あの……ぼくの貯金箱(ちょきんばこ)は、だいじょうぶでしょうか」

ぼくは山岸さんにきいた。

なんだか急に、あのフリマで買ったものが妖(あや)しく思えてきたのだ。

「まあ、だいじょうぶだと思うけど……心配なら、明日にでももってきてごらん」

山岸さんはそういって意味ありげにほほえんだ。


その日の夜。

ぼくは、部屋の中からきこえてくる、ごそごそという音で目をさました。

目をうっすらとあけると、暗い部屋の中で、大きな人かげがなにかをさがすようにうごきまわっているのが見える。

思わず体をうごかした拍子に、ベッドがぎしっと音をたてた。

その音に気づいた人かげは、パッとぼくの上にとびのった。

ぼくはなんとかふりはらおうとしたけど、相手はぼくの三倍くらいはある大男で、いくらあばれてもびくともしない。

そのうちに、男はぼくの首のあたりを片手でおさえこむと、顔を近づけて低い声でいった。

「おい、ぼうず。貯金箱はどこだ」

「え……」

どうしてぼくが貯金箱を買ったことを知ってるんだろう……。

まだ半分ねぼけている頭で、ぼくが混乱していると、

「さっさといえ！」

男が首をおさえる手に力をこめた。

貯金箱は本だな一番下のすみっこにおいてあるんだけど、これでは話そうにも声がでな

い。

苦しくて意識がうすれかけたとき、男がとつぜん頭をかかえて、うめき声をあげた。

そのすきに、ぼくはベッドからころげおちるようにして男からはなれた。

せきこみながら顔をあげると、白いぼんやりとした人かげが男の背中におおいかぶさって、頭をしめつけているのが見えた。

「痛い痛い痛い……」

うめき声が悲鳴に変わり、男は頭をかかえながら、床の上をころげまわった。

そして、そのままゆっくりと、ふたつの人かげは空気にとけるように姿を消してしまった。

だれもいなくなった部屋で、ぼくはひとり、床に座りこんで呆然としていた。


翌日。

ぼくは貯金箱を手に山岸さんをたずねて、昨夜のできごとを報告した。

「男は、『貯金箱はどこだ』っていったんだね？」

山岸さんの言葉に、ぼくはうなずいた。

山岸さんはしばらく腕をくんで考えていたけど、やがて立ち上がると、本だなから『多々良市怪談記録帳』と書かれた一冊のノートをとりだした。

多々良市にまつわる噂や都市伝説を集めた取材ノートだ。

山岸さんはしばらくページをめくっていたけど、

「ああ、これかな」

そうつぶやくと、ノートを片手に話しはじめた。

『おみやげ』

「ほら、おみやげだ」

カズおじさんはそういって、黒ネコがいねむりしている置物をぼくの前に置いた。

「なに、これ」

「貯金箱だよ。おもしろいだろ」

そういわれてよく見ると、たしかにお金をいれる細い穴があいている。

カズおじさんは、お母さんの一番下の弟で、個人で輸入雑貨の店を経営している。一年に何回も外国にでかけては、商品を仕入れてくるんだけど、そのたびにめずらしいおみやげを買ってきてくれるのだ。

「どうしても必要になったときまで、ふたをあけちゃだめだぞ」

おじさんは、そういって笑った。

それから一週間後。

学校から家に帰ると、お母さんがまっ青な顔で受話器を手にして、呆然と立ちつくしていた。

「どうしたの？」

ぼくがきくと、

「カズフミが……」

お母さんはそういって、大声で泣きだした。

カズフミというのはカズおじさんのことだ。

どうやら、仕事先の外国でがけからおちて亡くなったらしい。

日本からすごくはなれていたので、遺体をはこぶこともできず、おじさんの仕事なかまがむこうでいろいろと手つづきをしてくれているのだそうだ。

その知らせをうけてから、なんだか身のまわりにおかしなことが起こるようになった。

たとえば、学校にいくときにきっちりしめたはずの引きだしが、帰ったらちょっとだけあいていたり、物の置き場所がほんの少しだけ変わっていたり……。

もしかして、カズおじさんの霊？　と思って、こういうことにくわしい友だちに相談すると、

「それは、おじさんがおまえをつれていこうとしてるんじゃないか」

といわれた。

どうしよう、と相談するぼくに、その友だちは、盛り塩のやり方を教えてくれた。

小さな皿に塩を盛って、部屋に置いておくだけで、霊は入ってこられなくなるらしい。

カズおじさんにはちょっと悪いかなと思ったけど、つれていかれたくなかったので、その日の夜、ぼくはさっそく盛り塩をして、ベッドのそばに置いた。


真夜中。

とつぜん体が重くなって、目をあけると、大きな男の人がぼくのおなかの上に乗って、ぼくの口をふさいでいた。

そして、おじさんの名前を口にすると、

「最近、あいつからなにかもらわなかったか」

といった。

ぼくが反射的に、机の上の貯金箱に目をやると、

「そうか、これか」

男は貯金箱を手にとった。

それから、ナイフをとりだしてこちらをむいた。

男の目が、残酷に光る。

ベッドからおりようとしたぼくは、盛り塩の皿につまずいた。

塩がくずれて、床にちらばる。

次の瞬間、ぼんやりと光る白い人かげが、どこからともなくあらわれて、男におそいかかった。

「うわっ！　やめろっ！」

男は両手をふりまわしてあばれていたけど、やがて気を失ったようにくずれおちた。

白い人かげは、だんだん人間の姿になると、ぼくを見てにっこり笑った。

「カズおじさん！」

ぼくが名前を呼ぶと、白くおぼろげな姿のおじさんは、笑みをうかべたまま、スーッと姿を消した。

あとからきいた話では、おじさんは仕事なかまにおどされて、国際的な密輸に手をかしていたらしい。

だけど、なんとか悪いなかまからぬけたがっていた。

そこで、いざというときの切り札として、密輸の証拠をかくした貯金箱をぼくにあずけ、なかまと取引しようとしたのだ。

ところが、おじさんは怒ったなかまに殺されてしまった。

おじさんの身辺を調べた密輸団は、密輸の証拠をどこかにかくしているにちがいないと考え、一週間前に立ちよったわが家に目をつけたのだった。

貯金箱の中にかくされていた証拠のおかげで、密輸団は全員つかまったらしい。

警察からもどってきた貯金箱は、いまもぼくの机の上で、ぼくを見守ってくれている。


「結局、皮肉なことに、盛り塩がおじさんの霊を遠ざけていたんだね」

そういって、黒ネコの貯金箱をなでる山岸さんに、

「でも、密輪団は全員逮捕されたんですよね？」

と、ぼくはきいた。

「だったら、昨夜、ぼくをおそった男は、いったい何者だったんですか？」

姿を消したところを見ると、生きている人間とは思えない。

山岸さんはノートをパラパラとめくっていたけど、

「えっと……密輪団のボスが、ほかにも殺人の余罪があったりして、逮捕されて一年後に死刑になってるな。たぶん、こいつの霊が、貯金箱にとらわれていたんだろう」

そういって貯金箱を手にとると、ひっくりかえして、お金をとりだす穴をふさいでいるゴムのふたをはずした。

ぼくのいれた百円玉が、コロンところがりでる。

「……いつからわかってたんですか？」

ぼくは山岸さんをじっと見た。

「なんのこと？」

山岸さんはすずしい顔で、ぼくに百円玉をさしだした。

「この貯金箱に幽霊がとりついているのを知ってて、ぼくをおとりにしたんでしょう？」

「人ぎきが悪いなあ。だって、この貯金箱は、浩介くんがフリーマーケットで自分でえらんで買ったものだろ？　それに、そのフリーマーケットだって、ぼくがさそったわけじゃないんだし……」

そのとき、ようやくぼくは気がついた。

あの日、山岸さんはわざとぼくたちに姿を見せて、あとをつけさせたのだ。

そして、フリーマーケットに誘導して、買い物をさせる。

怪談体質のぼくのことだから、あのフリーマーケットにつれていきさえすれば、勝手にいわくつきのものを買ってくると考えたのだろう。

そのねらいはみごとにあたって、ぼくだけでなく、一緒にいた園田さんまで、怪談つきのものを買ってきてしまった。

結局、すべて山岸さんの思い通りだったわけだ。

ぼくが大きくため息をついていると、

「きみたちのおかげで、怪談がふたつも集まったよ」

山岸さんはそういって、にっこり笑った。

「ところで、今度の土曜日に、となり町で大きなフリーマーケットがあるんだけど、よかったら一緒にいかないかい？」

第三話　忌物

「これでもうだいじょうぶ」

山岸さんは、スニーカーと貯金箱をそれぞれ別の木箱におさめると、麻のひもでかたくしばって、上からペタンとお札をはった。

水曜日の放課後。

ぼくは山岸さんの家の書斎で、フリーマーケットで買った品物の封印にひとりで立ちあっていた。

本当は園田さんもきたがっていたんだけど、家の用事でこられなかったのだ。

「これで終わりですか？」

ぼくは拍子ぬけしてきいた。

もっと大がかりなお祈りをするのかと思っていたら、案外あっさりとしていた。

「うん、そうだよ。浩介くんは、ぼくをうたがうのかい？」

「いえ、そういうわけじゃ……」

霊を封印する実力はうたがっていないけど、ちゃんと本気で封印してくれたのかどうかは、正直なところ少しうたがっていた。

だけど、そんなことを口にしたら、おもしろがって封印をときかねないので、ぼくはあわてて首を横にふった。

「さて――」

山岸さんはひざに手をあてて立ち上がると、

「ちょっと、てつだってくれるかな」

そういって、木箱をひとつ手にとった。

「あ、はい」

ぼくはもうひとつの木箱をもって、山岸さんについて部屋をでた。

山岸さんが、玄関とは反対方向に歩きだす。

いままでは、書斎が家の一番奥だと思っていたけど、どうやらまだ先があるみたいだ。

山岸さんはろう下のつきあたりをまがると、さらに奥へと進んでいった。

外から見た感じでは、ちょっと広めの一軒家にしか見えないんだけど、それにしては、もうずいぶんと歩いている。

この家はいったい、どれだけの広さがあるんだろう。

不安になってきたところで、山岸さんはようやく足を止めた。

ろう下の片側はガラス戸になっていて、そのむこうには、家の庭とは思えないような深い森が広がっている。

そして反対側には、和室がつづいているのか、障子がズラッとならんでいた。

山岸さんが、そのうちのひとつをスッと開くと、そこは十畳くらいの、家具のない殺風景な部屋だった。部屋の中央には、いまぼくたちが手にしているのと同じような木箱が山のようにつんである。

ぼくたちは山の手前に木箱を置くと、部屋をでて書斎へともどった。

「おつかれさまでした。お茶をどうぞ」

部屋では秘書さんが、お茶とお菓子を用意してくれていた。

三人で輪になってお茶を飲みながら、

「あの部屋につんであったのは、なんだったんですか？」

と、ぼくがきくと、

「イブツだよ」

山岸さんは、耳なれない単語を口にした。

「イブツ？」

異物？　遺物？

ぼくが首をひねっていると、山岸さんは机に手をのばして、紙に筆でさらさらと書いてみせた。

〈忌物〉

忌む物。

霊がついていたり呪いに使われたり、なにかさわりがある物のことを意味するらしい。

「――っていうことは、あの部屋にあるのは全部……」

ぼくはいまさらながらに、背すじがゾクッとするのを感じた。

「まあ、いちおうはおはらいをして、お札もはってあるけどね」

山岸さんはおいしそうにお茶をのみながらいった。

「強力な呪いなんかだと、完全には封じきれてないかもしれないな。お札も、基本的には紙だから、百年もたてば劣化するし。まあ、あそこにあるのはみんな、火が完全に消えきってない炭みたいなものかな」

「それじゃあ、いつか発火するじゃないですか」

ぼくが顔をしかめると、

「ちゃんと封じておけばだいじょうぶよ」

秘書さんがやさしくほほえんだ。

「秘書さんも、あそこになにがあるか知ってるんですか？」

「もちろん。ちゃんとリストもつくってあるわ」

秘書さんはフーフーと息をふきかけてお茶をさますと、

「先週は、あるお寺の住職さんが手鏡をもってきたんだけどね……」

そう前置きをして語りはじめた。

『手鏡』

「これ、かわいい！」

通学路に最近できたアンティークショップ。友だちの麻耶と一緒にお店に立ちよった花梨は、店の一番奥に置いてあった手鏡に目をとめた。

「どれ？」

麻耶がうしろからのぞきこむ。

それは、直径が三十センチはありそうな大きな和風の手鏡だった。もち手と台が黒ぬりの木でできていて、うらにはあざやかな花柄が描かれている。

さらに、同じ絵柄のふたが鏡の表をすっぽりとおおっていて、まるで工芸品のようだった。

「和風の手鏡なんて、めずらしいね」

横から手をのばしてふたをはずした麻耶は、鏡をのぞいたとたん、

「きゃっ！」

と悲鳴をあげて、顔をそむけた。

「ちょっと、どうしたのよ」

「いま、わたしたちのうしろに、だれかが……」

麻耶は一歩はなれたところから、ふるえる声で鏡を指さした。

「別になんにもうつってないけど……」

花梨は鏡をのぞきこんで、それからうしろをふりかえった。

店主らしき年配の男性が、入り口の近くにあるロッキングチェアーをみがいている。

「なーんだ、お店の人がうつっただけだよ」

「ちがうって」

麻耶は花梨の腕をつかんで忠告した。

「やめときなよ。古い鏡って、なんかついてそうだし」

「そんなこといって、あとでこっそり買う気でしょ」

花梨はそういって、にやりと笑った。

「きめた。わたし、これにする」

値札を見ると、思ったよりも安い。

それを見て、麻耶は「ほら、やっぱりなにかあるんだって」とささやいたけど、

「新品じゃないんだから、こんなもんだって」

花梨は話をきかずに、さっさとレジにもっていった。

店の主人は、手鏡をチラッと見ると、花梨の顔を見て、にっこり笑った。

「いい買い物をしたね。これは、百年以上前の職人がつくった、りっぱな鏡だよ」

「そうなんですか」

花梨がはしゃいだ声をあげて、勝ちほこったように麻耶をふりかえった。

「だから、大事に使うために、ひとつ約束してほしいんだ」

「なんですか？」

「使わないときは、絶対にふたをしておくこと。そうすれば、百年先まで使えるからね」

家に帰ると、花梨はさっそく手鏡で髪をチェックした。

片手でもつにはちょっと重いけど、机の奥にななめに立てかければ問題ない。

それに、大人っぽい鏡を見ていると、なんだか自分まで大人になったような気がしてくる。

いい買い物をしたな、と満足していた花梨は、自分のうしろをだれかが通ったような気がして、パッとふりかえった。

だけど、自分の部屋なのだから、だれもいるはずがない。

花梨はふと、麻耶がいっていたことを思いだした。

「いま、わたしたちのうしろに、だれかが……」

「もう。麻耶が変なことというから、気になっちゃうじゃない」

花梨は鏡にふたをした。

ふたの表面にも、うら側と同じ絵が描かれていて、このままかざっているだけでも、おしゃれなインテリアになりそうだ。

それ以来、花梨は朝と夜の一日二回、ふたをはずして鏡を見るのが習慣になった。


それからしばらくたったある日のこと。

いつものように、おふろあがりに鏡を見ていると、麻耶から電話がかかってきた。

明日の宿題のことで少ししゃべってから鏡を見ると、あわててとじたせいか、ふたが少しずれている。

「ちゃんとしめなきゃ」

そう思って、手をのばしかけたとき、とつぜん鏡からがたがたと音がきこえてきた。

鏡（かがみ）を前にして、花梨（かりん）はこおりついた。

ふたのすきまから白い指が二本のぞいて、ふたをあけようとしていたのだ。

花梨はあわててふたをしめた。

音がやんで、ホッとしていると、

「もう少しだったのに……」

鏡の中から、かぼそい女の声がきこえてきた。

花梨はヒッとのどの奥（おく）で悲鳴をあげると、ふたの上からタオルでぐるぐるまきにして、引きだしにしまいこんだ。

次の日、学校が終わると、花梨は麻耶（まや）と一緒（いっしょ）に鏡をもって、あのお店にむかった。

ところが、お店のシャッターはとざされ、閉店（へいてん）を知らせる一枚（まい）のはり紙が風にゆれているだけだった。

開店してまだ一月（ひとつき）もたっていないのに、まるで夜にげでもしたみたいに、お店はしまっていたのだ。

本当は、どこかにすてててしまいたかったけど、なんだかそれも怖（こわ）かったので、花梨はしぶしぶ鏡をもって帰ることにした。

だけど、花梨の家は共働きで、お父さんは出張中、お母さんもきょうは帰りがおそくなるらしい。

花梨は麻耶にお願いして、お母さんが帰ってくるまでの間、麻耶の部屋にいさせてもらうことにした。

「だから、やめといたほうがいいっていったのに」

「だって……」

ふたりがそんなやりとりをしていると、机に置いてあった鏡が、とつぜんがたがたとゆれだした。

「タオルの中で、ふたがずれてるんじゃない？」

麻耶にそういわれて、花梨はたしかめるため、おそるおそるタオルをはずした。

その瞬間、

ガッ！

まっ白な五本の指が、ふたのすきまからとびだして、指先でふたをこじあけようとした。

花梨と麻耶はふたりがかりで、なんとかふたを押さえつけたけど、白い指は信じられないような力で押しかえしてくる。

それでも、ようやく完全にとじることができて、ふたりが力をゆるめたとき、バーン！ とふたをはねとばすようにして、鏡から白い腕がとびだしてきた。

腕につづいて肩が、さらに頭がでてきて、直径三十センチたらずの鏡の中から、黒髪の女の人がはいだしてくる。

ふたりが呆然としていると、女の人は両手を前につきだして、ふたりにとびかかってきた。

その白い指が花梨の首をつかむ寸前、麻耶はとっさに花梨をつきとばした。

すると、女の人がいきおいあまって、ちょうど花梨のうしろに立てかけてあった大きな姿見の中にするりととびこんだ。

それを見た花梨は、すばやく手鏡をつかむと、テニスのラケットをふるようにして、手鏡を姿見に思いきりたたきつけた。

ガッシャ――――ンッ！

はげしい音がして、両方の鏡がこなごなにわれる。

同時に、鏡の中から、

「ギャ――――ッ！」

とさけび声がきこえてきて、鏡のかけらからまっ赤な血がぽたぽたと流れだした。

「――ふたりは鏡の破片をのこらず段ボール箱につめると、近くのお寺にもっていったの。

その鏡のかけらが、めぐりめぐって、うちにもちこまれたのよ」

「それじゃあ、あの部屋のどこかにその鏡があるんですか？」

ぼくがおそるおそるきくと、

「だいじょうぶよ。細かくわれてるから、指一本くらいしかでてこられないわ」

秘書さんは笑って答えた。

そういう問題じゃないんだけどな……と思っていると、柱時計がボーンと大きな音を立てた。

「あの、そろそろ……」

秘書さんが山岸さんに声をかける。

「あ、そうか」

山岸さんが頭をかいて腰をあげた。

どうやら、いまからでかけるみたいだ。

「それじゃあ、ぼくはこれで……」

ぼくも立ちあがろうとすると、山岸さんはそれを手で制して、

「悪いけど、ちょっとるす番をしてくれないかな」

といった。

なんでも、もうすぐ荷物がとどくので、それをうけとって、さっきの部屋にはこんでお

いてほしいというのだ。

「さっきの部屋ですか」

ぼくは顔をしかめた。

正直、あまりいきたくはなかったけど、山岸(やまぎし)さんのたのみを断(ことわ)るとろくなことがない。

まよった末に、ぼくはしぶしぶうなずいた。

「悪いね。なるべく早くもどってくるから」

山岸さんと秘書(ひしょ)さんがばたばたとでていくと、家の中は急にしずかになった。

考えてみれば、この家でひとりきりになるのは初めてだ。

ぼくは腰(こし)をあげて、文机(ふみづくえ)に近づいた。

引きだしをあけて、一冊(さつ)の本をとりだす。

表紙は深い緑と茶色がまじったような色で、植物を直接(ちょくせつ)あみこんでつくったみたいにごわごわしていた。

本の背(せ)はひもでとじてあって、まるで江戸(えど)時代の本のようだ。

そして表紙には、ずいぶんかすれて消えかけた文字で、書名が書かれていた。

『百物語』

山岸さんが、長年完成を目指して少しずつ書きためている本だ。

この本を完成させることと、日本のどこかにある特別な祠を見つけだすことが、山岸さんのライフワークらしい。

だれもいないのはわかっているけど、なんとなくあたりの気配をうかがいながら、ぼくは本を開いた。

一話目は、もうそうとう昔に書かれたものらしく、文字もかすれているし、字もむずかしすぎてまったく読めない。

この本は、いったいいつから書かれているのかな、と思っていると、風もないのにページがパラパラとめくれて、本のまん中あたりがパタリと開いた。

『狐の嫁入り』

山間の小さな村の話。

まだ年端もいかない小さな男の子が、ひとりで山に入っていった。

男の子のお母さんが、はやり病にかかってしまったので、薬草をとりにきたのだ。

ところが、しばらく歩いたところで、男の子は道にまよってしまった。

そのうえ、空は晴れているのに、パラパラと雨つぶがおちてくる。

その村では、天気雨のときは山に入るな、といういい伝えがあった。

これでは助けをよんでも、だれもきてくれないだろう。

歩きつかれて、小さな沼のそばに座りこんだ男の子が、ひざをかかえてくすんくすんと泣いていると、

「あらあら、そんなところで泣いて、どうしたんだい？」

女の人がとつぜんあらわれて、男の子にやさしく声をかけた。

男の子は、その姿を見ておどろいた。

女の人は、まっ白な着物を着て、顔には白い狐のおめんをつけていたのだ。

いったい、こんな山奥でなにをしているんだろう、と泣くのもわすれてあっけにとられていると、

「道にまよったのかい？」


女の人はそういって、となりに腰をおろした。

男の子が事情を説明すると、女の人は、つい、と腕をあげて、沼のむこうを指さした。


「その薬草なら、あそこにあるよ」

「ほんと？」


男の子は立ち上がって、女の人が指さしたあたりをさがした。

すると、ほしかった薬草が、たくさん見つかった。

男の子は必要な分だけ薬草をつみとると、腰にぶらさげた袋にいれて、女の人にお礼をいった。

あとは帰って、お母さんに薬草をのませるだけなんだけど、帰り道がわからない。

どうしようかと思っていると、

「道がわからないのね」

女の人がいった。

「教えてあげたいけど、いまからわたしも大事な用があるの。もうすぐ、雨が降って花嫁行列が通るから、そのあとについていきなさい。そうすれば、ふもとにでられるから」

こんな山奥で花嫁行列？

男の子はびっくりしたけど、女の人の不思議な雰囲気に、素直にうなずいた。

「ただし、かならずこれをつけて。それから、途中でけっして声をだしてはだめよ。いいわね？」

女の人はそういって、男の子に狐のおめんをわたすと、森の中へと消えていった。

しばらくすると、弱い雨が降りはじめて、森の奥から足音のようなものがきこえてきた。

男の子がやぶの中からのぞいていると、それはまさしく花嫁行列だった。

行列のまん中ではさっきの女の人が、きらびやかな花嫁衣裳を着て、赤い傘をさしかけられて歩いている。

そして、奇妙なことに、行列に参加している人はみんな、狐のおめんをつけていた。

その奇妙な光景はおそろしかったけど、男の子は勇気をだして一番うしろからついていった。

「ん？　おまえ、見ない顔だな」

すぐ前を歩く人が、ふりかえって男の子の顔をのぞきこむ。

その人もやっぱり狐のおめんをつけていた。

男の子がいいつけどおりだまっていると、

「なんだ？　声がだせないのか？」

ときかれたので、男の子は無言でうなずいた。

「そうか。ほら、見てみろ。きれいだろう。お姫さまの嫁入りだ」

ああ、あの女の人は、お姫さまだったのか。どうりでやさしく、上品だったわけだ。

それにしても、この行列はなんなのだろう。

なんだか夢でも見ているような気もちで歩いていると、

「おっとっと」

男がつまずいて、おめんがずれた。

そのすきまからのぞいた顔は、ふさふさとした毛並みの、本物の狐だった。

「あっ」

男の子はおどろいて、思わず声をあげてしまった。

男が足を止めて、キッとこちらをにらむ。

「おまえ、人間だな。人間のくせに狐の嫁入りにまぎれこむとは、なにごとだ」

怖い声でそういって、男の子をつかまえようとした。

だけど、そのときにはもう、行列はほとんど人里の手前まできていたので、男の子はその手をかいくぐって、夢中で山をかけおりた。

そして、気がつくと、自分の家の前に立っていた。


男の子のもってきた薬草を口にすると、お母さんの具合はみるみるうちによくなった。

山であったできごとをお母さんに話すと、

「それは、狐の嫁入りだね」

お母さんはそういって、男の子の頭をなでた。

「本当は、狐の嫁入りを人間が見てはいけないんだけど、そのお嫁さんは、おまえが無事に帰れるよう、助けてくれたんだね」

しばらくして、すっかり元気になったお母さんは、男の子と一緒に、山の入り口に狐の好物といわれている油あげを山のようにつんだ。

翌日、見にいってみると、油あげはなくなっていて、かわりにたくさんの木の実が置いてあった。

「ありがとう」

男の子が山によびかけると、どこからか、こーん、とかんだかい狐の声がした。

ぼくがさらにページをめくろうとしたとき、ふとうしろからなにかがのぞきこんでいるような気配がした。

ハッとしてふりかえるけど、だれもいない。

だけど、たしかにだれかの息づかいがきこえるような気がする。

怖くなったぼくが、本をとじて引きだしにもどしたとき、チャイムの音がなった。

玄関にでると、帽子を目深にかぶった男の人が、中くらいの段ボール箱をかかえて立っていた。

「うけとりの印鑑をお願いします」

そういって、伝票をさしだす。

「えっと、印鑑はないんですけど……」

「あなたのサインでもいいですよ」

「あ、じゃあ……」

ぼくは伝票とペンをうけとって、名前を——書こうとして、その手を止めた。

伝票だと思ってうけとったその紙には、〈伝票〉ではなく〈契約書〉と書かれていて、こまかい文字で、たましいを引きわたすとか、おかしな言葉がならんでいたのだ。

「なんですか、これは」

伝票をつきかえしながらぼくがいうと、

「よく気づいたな」

男の人はニヤリと笑って、足元からスーッと消えていった。

あとには、男の人がもってきた段ボール箱だけがのこっている。

ぼくは、ふーっと息をはきだした。

荷物をうけとるだけなのに、どうしてこんなにつかれるんだろう……。

ぼくは箱をかかえると、よたよたと歩いて、さっきの部屋にむかった。

障子をあけて、手近な箱の上に置く。

そっと置いたつもりだったんだけど、部屋をでようとすると、うしろでガタッと音がした。

ふりかえると、箱がまるで意思をもっているみたいに大きくゆれて、ころげおちるところだった。

ガシャッ！

なにかがわれたような音に、ぼくは首をすくめた。

部屋にもどって、あわてて箱をあけると、中にはさっきと同じ、麻ひもでしばられた木箱が入っていた。

ひもをほどいて、そっとふたをあける。

すると、

ぴょん

箱の中から、ふさふさとした黄金色の毛につつまれた、一ぴきの狐がとびだしてきた。

「うわっ！」

ぼくがびっくりして、しりもちをついていると、狐はありがとう、というように、ぺこりとおじぎをして、あいたままになっていた障子のすきまから部屋をでていった。

木箱をたしかめると、封をしてあったお札がまっぷたつにやぶれて、中には太い竹筒が一本、コロンところがっていた。

どうやら、箱をあけるときにお札をやぶってしまい、そのおかげで封じられていた狐がにげだしたようだ。

中身をにがしたりしたら、山岸さんになにをいわれるかわからない。

ぼくは立ち上がると、あとを追って部屋をでた。

狐はろう下をぴょんぴょんとかろやかにはねて、つきあたりまでくると、ひょいとまがった。

少しおくれてぼくがまがると、次のつきあたりをまがっていくうしろ姿だけが見える。

「ちょっとまってよ」

ぼくは息をきらしながら追いかけた。

見つけたと思ったら、またすぐにまがり角に姿を消してしまう。

何度目かの角をまがったところで、ぼくはさすがにおかしいと思いだした。

さっきから、右にまがったり左にまがったりをくりかえしているのに、全然ろう下が終わらない。

いくらなんでも家がひろすぎるんじゃないだろうか。

相手が狐だけに化かされているのかもしれないと思ったぼくは、追いかけるのをやめて、書斎にもどろうとした。

だけど、今度はもどる道が全然わからなくなっていた。

まさか、家の中で迷子になるなんて……。

とりあえず、目についた部屋の障子をあけたぼくは、その異様な光景に、部屋の入り口でかたまってしまった。

その部屋には、部屋全体をうめつくすくらいの、大きくてごうかな段かざりのひな人形がかざられていたのだ。

しかも、その人形たちがすべて、こちらに背中をむけている。

怖い、と思った瞬間、一番下の段に置かれた二台のぼんぼりが、とつぜん灯りをともしてゆっくりとまわりだした。

オルゴールが、ひな祭りの歌をかなではじめる。

すると、そのオルゴールの音にあわせるように、人形たちが少しずつこちらをむきだした。

ズズッ……ズズッ……ズズッ……

おひなさまの横顔が見えそうになる直前に、ぼくはあわてて部屋をとびだした。目があってしまったら、なにかよくないことが起きるような気がしたのだ。

背中に感じる視線をふりはらうようにして、ぼくはろう下を走ると、目についた部屋にとびこんだ。

そこは、まっ暗な部屋だった。

たしかに雨戸はしめきられているけど、まだ昼間なのに、ここまでまっ暗になるはずがない。

ふりかえると、入ってきたばかりの障子もしまっていて、どこが出口かもわからなくなっていた。

部屋が暗いというより、まるで目かくしでもされているみたいだ。

のばした手の先も見えないような暗闇に、ぼくが身動きできずにいると、

パン、パン、パン……

だれかが手をたたく音と、

「鬼さんこちら、手のなるほうへ」

子どもたちが歌うような声がきこえてきた。

どうやら、これは目かくし鬼で、ぼくが鬼の役らしい。

とにかく部屋からでようと、手を前につきだして適当に歩きまわっていると、手がなにかにふれた。

反射的につかむと、人の腕のようだ。ほそくてきゃしゃなので、子どもの腕だろう。

「あーあ、つかまっちゃった」

　女の子の声がして、

「じゃあ、今度はわたしが鬼ね。つかまえたら食べちゃうわよ」

　そういうと、手の中の腕がふくらんで、毛むくじゃらの腕になった。

　ぼくは腕をはなして、部屋の中をめちゃくちゃに走りだした。

　どこかの壁にあたれば、手さぐりで部屋からでることができるはずだ。

　だけど、まっすぐ走っているのに、なんにもふれないし、なにかにぶつかることもない。

「手をたたかなくても、においでわかるのよ」

　女の子の声が、すぐ耳元できこえて、ぼくが思わずしゃがみこんだとき、全然ちがう方向から手をたたく音がきこえてきた。


　パン、パン、パン……

「え？」

「あれ？」

子どもたちの、ざわざわした声がきこえてくる。

そのざわざわした気配は、手をたたく音にみちびかれて、そのままはなれていった。

同時に障子があいて、光がさしこむと、ぼくはなにもない八畳間のまん中に、ひとりですわりこんでいた。

ろう下で秘書さんが手まねきをしている。

「こっちよ」

立ち上がって、秘書さんのあとをついていくと、角をふたつまがっただけで、元の書斎にもどることができた。

「いまのはなんだったんですか？」

「〈目かくし鬼〉よ」

秘書さんはあたり前のように答えた。

「もともとは、暗い森やまっ暗などうくつに住む鬼で、子どもに化けて人をさそいこんでは食べていたんだけど、えらいお坊さんが封じていたの。それが、箱に虫食いができてたらしくて、いつのまにか箱からぬけだして、こまっていたのよ」

いま、山岸さんが手をたたいて、新しい箱の中へと誘導しているらしい。

「はあ……」

ぼくがなんとか理解しようとしていると、ひもでしばった大きな木箱をかかえた山岸さんがもどってきた。

「やっと全員つかまえたよ」

どさっと箱を置くと、ぺたりとお札をはる。

それを見て、荷物のことを思いだしたぼくは、狐ににげられたことを正直に話した。

「そうか。にがしちゃったのか」

それほど残念でもなさそうな顔で、山岸さんは肩をすくめた。

「あれはなんだったんですか?」

ぼくがきくと、

「管狐だよ」

山岸さんは、またききなれない言葉を口にした。

「管狐？」

「うん。一般には、つき物の一種とされてるけどね。修行をつんだ術者なら、狐をならして使役することもできるんだ」

ようするに、管狐というのは、竹筒のような管に入った狐の妖怪みたいなもので、ちゃんと修行した人が使うと、いろいろということをきいてくれるらしい。

「それを一ぴき、友だちに送ってもらったんだけど……浩介くんにとっては残念だったね」

山岸さんが、奇妙な台詞を口にした。

「え？」

ぼくは眉をよせた。

「どういうことですか？」

「じつは、もうすぐ六年生になって、いろいろといそがしいだろうから、浩介くんの代わりに管狐を助手にしようと思ってたんだけど……にがしちゃったのならしかたがない。責任をとって、まだしばらくてつだってくれるよね」

「え……」

ぼくは絶句した。

次の日の朝。
学校にいこうとすると、
家の前にたくさんの
油あげが置いてあった。
「だれのいたずらかしら……」
しぶい顔をするぼくのとなりで、
母さんが首をひねっている。
どこかで狐が、こーん、とないた。

第四話　迷子の男の子

「なあ、浩介。おまえ、幽霊って見たことあるか？」

テーブルのむかいでご飯を食べていた父さんが、まじめな顔でとつぜんそんなことをいいだしたので、ぼくはもう少しで、口にしていたみそ汁をふきだすところだった。

いろいろあった二月も、もうすぐ終わろうとしている。

年末年始は仕事がいそがしくて帰りがおそかった父さんも、最近はようやくおちついてきたのか、一緒に晩ご飯を食べることが多くなってきた。

「そんなの、あるわけないだろ」

ぼくは動揺をかくしながら、コロッケにはしをのばした。

ぼくに霊感があることは、父さんや母さんにはもちろん話していない。

「そうか……」

父さんは、はしを止めてだまりこんだ。

「どうしたの？」

いつになく深刻な雰囲気に、ぼくは父さんの顔をのぞきこんできいた。

「もしかして、幽霊を見たとか？」

うーん、と父さんがうなっていると、

「お店に幽霊がでるらしいのよ」

ちょうどあがったばかりのコロッケをはこんできた母さんが代わりに答えた。

「お店って、アイマートに？」

ぼくはおどろいてききかえした。

母さんによると、最近、店内に男の子の幽霊がでるらしいと、パートさんの間で噂になっているそうなのだ。

「なにかの見まちがいじゃないの？」

ぼくはいった。とびおり自殺があったマンションとか、事故の多い交差点とかならわかるけど、スーパーに幽霊がでるといわれても、あまりピンとこない。

「父さんも、はじめはまさかと思ってたんだけど、衛藤さんまで見たっていいだすもんだから……」

父さんは顔をしかめて、ため息をついた。

「衛藤さんが？」

衛藤さんは、アイマートにつとめる警備員さんだ。

ほかのスーパーでは知らないけど、アイマートでは制服を着た警備員さんがひとり常駐している。

基本的には店の入り口付近とか、店の前の駐輪場にいることが多いんだけど、定期的に店内の巡回もしている。

何人かいる警備員さんの中で、リニューアル前から働いている衛藤さんは、一番のベテランだった。

そしてなにより、超がつくほどのまじめな人で、店長に不たしかな噂話を報告するとは思えない。

そんな衛藤さんの話によると、夕方の少し早い時間、小学校低学年くらいの男の子が、店の奥のほうにある売り場をうろうろしていた。

お母さんでもさがしてるのかな、と思って、衛藤さんが気をつけていると、その子は売り場のはしまでいって、とつぜん姿を消した。

衛藤さんはすぐにその場所にむかったけど、男の子の姿はどこにもなかったらしい。

「それって、見失っただけじゃないの？」

まだ熱いコロッケをほおばりながら、ぼくが指摘すると、

「うーん……でも、衛藤さんだからなあ……」

菜の花のからし和えにはしをのばしながら、父さんはむずかしい顔でいった。

衛藤さんは仕事柄、万引きなんかにも目を光らせているので、店内の通路や死角にはすごくくわしいのだそうだ。

だから、一瞬視界からはずれたとしても、そのまま見失うとは考えにくい。

「それに、ほかのパートさんにもきいてみたんだけど、じつは以前から、子どもの幽霊がいるんじゃないかという噂があったらしい。しかも、目撃されているのが、どれも小学校

低学年くらいの男の子なんだよ」

「五年前は、そんな噂はなかったの？」

父さんは、ぼくが幼稚園を卒園する五年前まで、リニューアル前の店舗で店員として働いていた。

父さんは少し考えてから、

「きいたことないなあ」

と首をふった。

「まあ、あのころはまだ店長じゃなかったから、きかされてなかっただけかもしれないけど……」

今回も、店で働いている人の中には、幽霊のことを知らない人もいるらしい。

「それじゃあ、その幽霊がいつごろからいるのかはわからないんだね」

ぼくは腕をくんだ。

いつからお店にあらわれているのかがわかれば、その原因を調べて、対策をたてることもできると思ったんだけど……。

「しかも、最近は常連さんの間でも、ちょっと噂になってきているらしいんだよ」

父さんがしぶい顔でいった。

じっさいに幽霊がいるかどうかはともかくとして、幽霊がでるスーパーという噂がひろまってしまうと、売り上げに影響がでてくるかもしれない。

ぼくが心配していると、

「そういえば、おとなりの山岸さんは、こういう話を研究してるんじゃなかったか？」

父さんがいって、ぼくは言葉につまった。

「う、うん、まあね……」

たしかに山岸さんは、表向きは作家兼郷土史家として、地方の古いいい伝えやなんかを研究していることになっている。

だけど、じっさいには怪談を集めるためには手段をえらばない怪談収集家なのだ。

調査をおねがいしたら、引き受けてくれるとは思うけど、同時にぼくが怪談を引きよせるためのおとりに使われるのはあきらかだった。だから、

「どうだろう。山岸さんに、一度相談してみたら……」

「そうねえ……」

と相談をはじめるふたりに、ぼくはあわてて声をかけた。

「ちょっとまって。まずは学校できいてみるから」

「学校で？」

父さんが不思議そうにききかえした。

「うん。山岸さんもいそがしいだろうし、学校にそういう話にくわしい子がいるから、一度その子にきいてみるよ」

「そうか。それじゃあ、おねがいしようかな」

父さんはホッとしたように目をほそめて、ビールのコップに手をのばした。

「スーパーの怪談？」
次の日の朝。
ぼくが教室で、園田さんに事情を話して、スーパーの怪談をなにか知らないかとたずね

ると、
「うーん……」
園田さんは記憶をさぐるように天井を見上げながら口を開いた。
「ひとつだけ知ってる話があるんだけど、
たぶん、浩介くんがいってるのとはちがうと思う」
「それでもいいから、きかせてくれる？」
なにかのヒントになるかもしれないと思って、
ぼくがいうと、
「いいよ。
わたしが知ってるのはね……」
園田さんは笑顔で話しだした。

『万引き』

「まいったな……」

スーパーの奥にある事務室で、店長は頭をかかえていた。

その店では、最近万引きがふえてこまっていたのだ。

それも、お菓子とか菓子パンといった、子どもが食べるようなものばかりがぬすまれていく。

ひとつひとつは、それほど高価ではないけど、数が多いと売り上げにも影響してくる。

監視カメラをふやしたり、警備員に巡回のときに注意してもらったりしているけど、いっこうに改善しない。

そこで店長は、万引きがふえはじめてからの監視カメラの映像を、さかのぼって確認してみることにした。

すると、品物がなくなるときには、いつも同じ女の子が商品だなの近くにいることに気がついた。

それは近所の中学校の制服を着た女の子で、髪が長くてうつむいているので、顔ははっきりとはわからない。

商品がよくなくなるたなのまわりをうろうろしていて、いなくなったあと、映像をよく見なおすと、品物がへっているような気がするのだ。

ただ、もち物はいつも学校指定のうすい黒かばんだけで、大きな袋やスポーツバッグをもっているわけではないし、女の子が店をでるところの映像を見ても、かさばる荷物をもっている様子はない。

だから、ひとりであんなに大量の万引きができるかは疑問だったけど、とにかく現場を押さえなければ話にならない。

店長は、警備員にその子の特徴をつたえて、次に店にきたら教えてほしいとたのんだ。

そして数日後。

店のうらで伝票の整理をしていた店長のもとに、警備員から、あの女の子が来店したと連絡があった。

店長が店にでて、こっそり様子をうかがっていると、女の子がお菓子を大量にかかえて、たなの死角にむかおうとしている。

あとを追うと、死角に入ったところで、なにやらゴソゴソしているのが見えた。

「ねえ、ちょっと」

店長は声をかけた。

女の子がびくっとふり返る。すると、その拍子に、制服の中にかくしていたお菓子がバラバラと床にちらばった。

「ご、ごめんなさい！」

泣きそうな顔で、女の子がふかぶかと頭をさげた。

本来、万引きは品物をもって店をでてからじゃないと、つかまえることはできない。

店内にいるかぎり、レジでちゃんと代金をはらう可能性があるからだ。

だけど、女の子はあきらかに商品を服の中にかくそうとしていたし、本人も万引きをみとめるような態度をしめしているので、とりあえず話をきくだけならいいだろうと判断した店長は、

「とりあえず、奥にいこうか」

女の子をうながして、奥へとつれていった。

事務室でむかいあうと、店長はひろい集めたお菓子をテーブルにひろげた。

板チョコが十枚以上、そのほかのお菓子もふくめると、金額にして何千円にもなる。

「えっと……」

店長は慎重にきりだした。

「いままでにも、何回かうちの店にきてるよね？」

「はい……」

女の子はひざに視線をおとして、小声でつぶやいた。

とても、こんな大それた万引きをくりかえしていたようには見えない。

それに、ひとりで食べきれる量でもないし、これはもしかして、だれかにおどされて、やらされているのでは——店長がそう思ったとき、

「わたしはだめだっていったんですけど……」

あんのじょう、女の子がそんな台詞を口にした。

「だれかにとってこいっていわれたんだね」

「はい……いえ……あの……」

女の子はうなずくでも否定するでもなく、あいまいに首をひねった。

きっと、おどされていることをみとめると、もっとひどい目にあうとおびえているのだろう。

だからといって、万引きをみのがすわけにはいかない。

それにしても、どうやって毎回これだけのお菓子をもちだしていたのだろうか。ビデオを見るかぎり、服装にも不自然な様子はなかったし――店長が首をかしげていると、

「いまも、おなかがすいてるって……」

女の子はそういって顔をあげた。

「いまもって……きみが？」

店長はちょっとおどろいてたずねた。

もしかして、いままでもちだすところが見つからなかったのは、店内で食べてしまっていたから……そこまで考えて、店長はすぐに否定した。

そんなはずはない。そんなことをすれば、もっと目立ったはずだし、なにより、彼女がカメラから姿を消していたのは、長くても一分ていどなのだ。

いくら大食いでも、そんな時間では食べきれるわけがない。

すると、女の子は首を左右にふりだした。

「わたしじゃないんですけど……いえ、わたしなんですけど……わたしじゃないんですけど……」

ぶつぶつつぶやきながら、ぐるぐると左右に何度も首をふる。

ぐるぐるぐるぐるぐるぐるぐる……

やがて、ねじがきれるような、プツン、という音とともに、
クルン

首が百八十度まわってしまった。

後頭部を目の前にして、店長があっけにとられていると、長い髪がパカッと左右にわかれて、その間から、漫画にでてくるみたいな大きな口があらわれた。

ほとんど女の子の顔ぐらいの大きさがあるその口は、パカッと開くと、

「いただきます」

そういって、髪の毛をまるで手のように使い、テーブルの上のお菓子をひとくちでのみこんだ。

そして、

「これも食べていいのかな？」

そういうと、目と口を大きく見開いたまま、かたまっている店長を、ぱくりとまるごとのみこんだ。

女の子は首をもと通りにまわすと、だれもいなくなった部屋を見まわして、

「あーあ、またやっちゃった」

と、ため息をついた。

そこに、警備員がやってきて、

「あれ？」

といった。

そして、女の子にきいた。

「店長はどこにいったの？」

女の子は、にっこり笑うと、首を左右にふりはじめた。


「その女の子は、二口女っていう妖怪にとりつかれていたらしいよ」

「二口女？」

「うん。むかし、ひどい飢饉で飢え死にした女の人の霊が妖怪になったもので、この妖怪にとりつかれると、頭のうしろにもうひとつの口があらわれるの。この口は、すごく食いしんぼうで、いくら食べても満足してくれないんだって」

「えっと……」

ぼくは園田（そのだ）さんの勢（いきお）いにおされながらも、なんとか口をはさんだ。

「ごめん。たぶん、そんなスプラッタなやつじゃないと思う」

「やっぱり？」

園田さんはてれたように頭をかいた。

「ほかには……うーん、ちょっと思いつかないなあ」

「ううん。ありがと」

ひとつだけでも、すぐにでてくるだけすごいと思う。

「もしなにか思いだしたら、教えてあげるね」

園田さんはそういって、にっこり笑った。

その日の放課後。ぼくが山岸（やまぎし）さんの家の書斎（しょさい）で資料（しりょう）の整理をしていると、
「浩介（こうすけ）くんのお父さんは、たしかスーパーの店長さんだったよね？」
山岸さんが書き物の手を止めて、そんなことをきいてきた。

「はい、そうですけど……」

ぼくが少し警戒しながら答えると、

「職場でなにか、おもしろそうな怪談をきいたことはないの？」

山岸さんはそういって、ぼくの目をのぞきこんだ。

「たとえば、男の子の幽霊が売り場をうろついてるとか……」

「さあ……知りませんけど」

ぼくは少しおびえながら答えた。

この人は、となりの家の会話もきこえているんじゃないだろうか。

「だいたい、リニューアルしたばかりで、怪談なんかあるわけないじゃないですか」

「そうかな」

「そうですよ」

ぼくはいいきった。

「それに、スーパーの怪談って、あんまりきいたことないですし……」

これは本当だった。

山岸さんの助手をするようになってから、強制的に怪談にはくわしくなったけど、スーパーを舞台にした怪談はほとんど耳にしたおぼえがない。

山岸さんもうなずいて、

「たしかに少ないね。ぼくがすぐに思いうかぶのは、店内放送の話と、あとひとつぐらいかな……」

「店内放送の怪談ですか？」

全然想像がつかない。

「うん。スーパーなんかで、お客さんにきかせたくない内容を店内に放送するとき、店員だけに通じる合言葉を使うことがあるだろ？」

山岸さんによると、店員が万引きを目撃したとき、

「お肉売り場で万引きです」

とはいいにくい。そこで、架空の地名を事前にきめておいて、

「かささぎ町五丁目からおこしの高浜さま、お肉売り場までおこしください」

と放送することで、店員や警備員がその売り場に急行するようになっているのだそうだ。

「ほかにも、火事とか急病人がでたときのために、店員だけに通じる合言葉をきめているお店は多いんだけど、中にはこんなお店もあってね——」

『店内放送』

パート初日、沙織は先輩の景子さんから、仕事の内容について説明をうけていた。

「——これで、レジの使い方はわかったわね？　あと、店内放送なんだけど、うちでは万引き犯がきたときは、『店長、本部からアオキさんがこられました』って放送を流すことになってるから」

「どうしてアオキさんなんですか？」

沙織がきくと、景子さんは肩をすくめた。

「なんでも、昔つかまった万引きの常習犯の名前がアオキだったらしいんだけど……まあ、あなたはおもにレジ担当だから、そんなに気にしなくてもいいわ」

そういって、景子さんが沙織の肩をたたいたとき、プツッとマイクの入る音がして、店内に奇妙な放送が流れた。

『カシマレイコさん、カシマレイコさん、一階お菓子売り場までおこしください』

景子さんの肩が、ビクッとゆれる。

お客さんは気にせずに買い物をつづけているけど、店員の間に、なんともいえない緊張感が流れるのを、沙織は感じた。

「あの……いまのは……」

沙織がたずねると、景子さんはこわばった表情で、

「ああ、いまの？ ……そうね。いまの放送が流れたら、いわれた場所には近づかないほうがいいわ」

「どうしてですか？」

「さあ……わたしも、くわしいことは知らないのよ。ただ、近づかないほうがいいっていてい

われてるだけで……」

景子さんはそういったけど、その顔はあきらかに、なにか知っていることをしめす表情をしていた。

「カシマレイコさんって、だれですか？」

沙織がかさねてたずねると、

「ごめんなさい。本当に知らないの。それより、まだ休憩室の場所を教えてなかったわね。ついてきて」

景子さんは強引に話をそらして、それ以上は答えてくれなかった。


それから数週間後。

沙織が仕事にもなれ、カシマレイコのことをわすれかけてきたころ、ききおぼえのあるアナウンスが店内に流れた。

『カシマレイコさん、カシマレイコさん、一階文房具売り場までおこしください』

(あ、あのアナウンスだ)

沙織は、たなに商品をならべていた手を止めた。
ちょうどすいている時間帯で、レジがひまなので、品だしを手伝っていたのだ。

カシマレイコさん、カシマレイコさん、一階文房具売り場まで……

(いったい、どういう意味なんだろう)

景子さんは、放送された場所には近づかないほうがいいといっていたけど、どうしても気になった沙織は、品だしの手を止めて文房具売り場へとむかった。

鉛筆やノートがならぶたなの前には、店員がひとりいるだけだった。
長い黒髪に、モスグリーンのエプロンをつけている。
自分と同じ、パートの店員さんだろうか。それにしては、見おぼえがないけど……。

沙織がそっと近づくと、その店員はうつむいたまま、こちらにむきを変えた。

胸のネームプレートには〈かしま〉とだけ書かれている。

（え？　この人がカシマさん？）

沙織がその場で立ち止まっていると、カシマさんはゆっくりと顔をあげた。

目が白くにごり、大きくあいた口から、長い舌がダランとたれさがっている。

「きゃあっ！」

沙織が思わず悲鳴をあげると、カシマさんはス――ッと、まるで床の上をすべるようにして近づいてきた。

そして、こおりついたようにうごけないでいる沙織の体を通りぬけると、そのまままっすぐに進んで、壁の中へと消えていった。

「あ……あああ……」

ショックのあまり、沙織がパニックになっていると、

「沙織さん」

いつのまにかやってきた景子さんが、沙織の腕をつかんで、店のうら手に引っぱっていっ

た。

休憩室でいすに座って、ようやくおちついた沙織に、

「だから近づかないでっていったのに……」

景子さんがそういいながら、お茶をもってきてくれた。

「すみません」

沙織はお茶をひとくちのむと、大きく息をはきだした。

「いまのが、カシマレイコさんですか？」

景子さんはかたい表情でうなずいて、事情を話してくれた。

それによると、カシマさんは数年前にパートで働いていたんだけど、どうやらパートなかまからいじめられていたらしく、自宅のアパートで首をつって亡くなったらしい。

それ以来、ときおり店にあらわれては、うらめしそうにふらふらとうごきまわるんだけど、どういうわけかその姿は、パートの人にしか見えないのだそうだ。

「とくに害があるわけじゃないんだけど、目にすると、どうしても悲鳴をあげちゃうのよね。だから、だれかが見つけたらあの放送をしてもらって、心の準備をしておくの」

翌日、沙織はパートをやめた。

その後、あの店にはいっていない。


「このお店は、お客さんの間にも幽霊の噂がひろまって、結局つぶれちゃったそうだよ」

山岸さんの言葉に、ぼくはヒヤッとした。

正直なところ、いまのぼくには幽霊よりも、お店がつぶれるほうがよっぽど怖い。

「客商売で幽霊がでたりすると、大変だよね」

そういって、書き物にもどろうとする山岸さんを、

「あの……もうひとつの怪談って、どんな話なんですか？」

ぼくはそういってよびとめた。

「あれ？　うれしいなあ。浩介くんも、積極的に怪談をききたがるようになったんだね」

山岸さんがにやにやしながらふりかえる。

「いや、そういうわけじゃないんですけど……」

ただ、父さんの仕事をまもるためにも、できるだけいろんな情報を集めたほうがいいと思っただけだ。

「まあまあ、てれなくていいから」

山岸さんは手をひらひらとふって話しだした。

「これは、ある地方都市の大きなスーパーで起きた話なんだけどね……」

『深夜の来客』

Dさんが大学生のときの話。

警備会社でアルバイトをしていたDさんは、あるとき、スーパーの夜間警備に配属された。

そのスーパーは二階建てで、一階が食料品や日用雑貨、二階では衣料品やタオルを売っていた。

夜間の警備はふたり体制で、一晩に何回か、交代で売り場を巡回する。

とはいえ、夜のスーパーにしのびこむような者もなく、時給もいいので、Dさんにとってはわりのいいバイトだった。

Dさんはアルバイトなので、いつもかならず正社員の警備員とペアをくんでいたけど、ある日、巡回にいこうとして、ペアのFさんの様子がおかしいことに気がついた。

まっ青な顔で、だらだらとあぶら汗を流している。

救急病院がすぐ近くにあったので、DさんはFさんを病院につれていくと、店にもどって本部に連絡した。

本部からは、すぐにかわりの社員を派遣するから、それまでひとりで警備をしておいてくれとたのまれた。

やがて、いつもの巡回の時間になって、Dさんは懐中電灯を片手に事務室をでた。

まずは一階をまわる。

深夜の店内に、自分ひとりだけだと思うと、少し心ぼそかったけど、そのころにはDさんも仕事になれてきていたので、十分たらずで巡回を終えた。

つづいて、二階を巡回していると、視界のはしでなにかがうごいた。

パッとふりかえると、小さな人かげが、たなのむこうに走りこむのが見えた。

もしかしたら、さっきFさんを病院に送ったとき、カギをかけわすれて、そのすきに近所の子どもがしのびこんだのかもしれない。

そう思ったDさんは、フロアを大きくまわりこんで、先まわりすることにした。

足音をしのばせて歩きながら、Dさんの頭に、以前休憩時間にFさんからきいた怪談が思いうかんだ。

真夜中に衣料品のフロアを巡回していると、うしろから足音がきこえてくる。

だけど、立ち止まってふりかえると、だれもいない。

気のせいかな、と思って歩きだすと、今度はさっきよりも近くからきこえてくる。

またふりかえるけど、やっぱりだれもいない。

それをくりかえしていくうちに、足音はどんどん近づいてきて、ついにすぐうしろまで近づいたとき、ふいにふりかえると——だれもいなかった。

ホッとして前をむくと、目の前に女の人のマネキンが立っていた、という話だ。

いま、店の中には自分しかいない。

いやだな、と思いながら、Dさんがすばやくたなのむこうをのぞきこむと、男の子がひざをかかえてかくれていた。

Dさんを見て、パッとにげだそうとするその子の腕を、Dさんはとっさにつかんだ。

「はなせよ」

じたばたとあばれる男の子をひきずるようにして、一階の事務室へとつれていく。

明るい部屋の中であらためて見ると、小学校の低学年ぐらいの、ごくふつうの男の子だった。

白いシャツに青い半ズボン、白いくつ下にぴかぴかの運動ぐつをはいていて、きれいな身なりをしている。

「どこから入ったんだ？　おうちの人は？」

Dさんが問いつめると、男の子はふてくされた顔で、

「別にいいだろ。見のがしてくれよ」

といった。

「そういうわけにはいかないよ。ちゃんと、おうちの方に連絡しないと」

Dさんがいうと、男の子はさらにしぶい顔をして、ぶつぶつつぶやいた。

「だって、あいつら、おれが外にでたいっていっても、ゆるしてくれないんだもん。おれはもっと外の世界を見たいのに……」

そんな話をしていると、

コン、コン

事務室のドアをノックする音がした。

本部から応援の人がきたのかな、と思ってDさんが「はい」とドアをあけると、ドアの前にはよそいきのかっこうをした、ふたりの男女が立っていた。

「すみません、こちらにうちの子が……」

女の人の言葉の途中で、

「ああ、やっぱりこんなところに……」

男の人が事務室につかつかと入りこんで、男の子の手をつかんだ。

「さあ、帰るんだ」

「やだ。帰りたくないよ」

男の子は泣きそうな顔であばれる。

だけど、男の人は男の子をかかえるようにして事務室から引っぱりだすと、

「どうも、ご迷惑をおかけしました」

女の人と一緒に、ふかぶかと頭を下げて帰っていった。

口をはさむこともできず、Dさんがあっけにとられていると、三人といれかわるようにして本部のOさんがあらわれた。

「おそくなってすまなかったね……ん？　どうかした？」

そこで、Dさんはいま起こったばかりのできごとをOさんに話した。

「だけど、あの三人、どこかで見たことあるような気がするんですよね……」

Dさんがそういうと、Oさんは微妙な顔をしていたけど、やがて、

「ぼくがきたとき、外のカギはしまってたよ」

といった。

「――え？」

一瞬おくれてから、Dさんはその言葉の意味を理解した。

外から店内に入るとびらのカギがしまっていたということは、あの男女はいったいどこから入ってきたのだろう。

Dさんが混乱していると、Oさんが「ついてきて」といって、事務室をでた。

懐中電灯を手に、Oさんとともに二階にあがる。

「貸して」

Oさんは懐中電灯をうけとって、売り場をてらした。

それを見て、Dさんは言葉がでないほどおどろいた。

さっきの男女がよそいきの服を着て、はればれとした笑顔で立っている。

その間――二体のマネキンに手をしっかりとにぎられて、青い半ズボンの男の子のマネキンが、不満そうな顔でDさんをにらんでいた。

翌日の放課後。

ぼくは慎之介を無理やりさそって、アイマートにむかった。

「なんでおれなんだよ」

慎之介がいやそうな顔でぼやく。

「園田といけばいいだろ。幽霊の調査にいくっていったら、よろこんでついてくるぞ」

「まあ、そうなんだけどさ……」

ぼくは肩をすくめた。

園田さんは怪談好きなので、さそったら積極的に協力してくれるとは思うんだけど、なにしろ怪談が好きすぎて、危険があっても、にげずに近づきかねない。

その点、慎之介は基本的に怪談とか怖いことが苦手なので、怪談を引きよせる体質のぼくとしては、慎之介と一緒のほうがバランスがとれてありがたかったのだ。

ちなみに山岸さんは、最終的には助けてくれるけど、その一歩手前までは、おもしろそうな怪談を集めるためならぼくをどんな危険な目にあわせるかわからないので、はじめから論外だった。

そのへんの事情を慎之介もわかっているので、なんだかんだ文句をいいながらも、こうしてつきあってくれているのだろう。

店内に入ると、この間までバレンタイン一色だった特設コーナーが、ホワイトデーコーナーに変わっていた。

平日の夕方、タイムセールがはじまるまでまだ少し時間があるせいか、お客さんの姿はそれほど多くない。

子どもはたいていお母さんと一緒か、友だち同士できている子ばかりで、小学校の低学年で、ひとりで歩きまわっている子どもは見当たらなかった。

売り場のたなには、わかりやすいようにすべて番号がわりふられている。父さんによると、幽霊の目撃談が多いのは八番と九番のたなの間の通路らしい。

「えーっと……」

ぼくは天井からぶらさがったプレートを見て、たなをさがした。

八番は小麦粉や片くり粉、九番はのりとかこんぶのたなだ。

「なんていうか……ずいぶんとしぶい幽霊だな」

たなの左右を見まわしながら、慎之介がいった。

たしかに、お菓子とかアイスクリームの売り場もあるのに、どうしてわざわざこんなところにあらわれるんだろう、と思っていると、

「浩介くん」

とつぜんうしろから名前をよばれた。

ふりかえると、衛藤さんが立っていた。

「きょろきょろして、どうしたんだい？　店長に用事かい？」

「あ、いえ。じつは……」

ぼくが正直に事情を話すと、

「まいったなあ」

衛藤さんは苦笑いをうかべて、頭に手をやった。

「店長に、そんなに心配をかけてたのか。いや、ぼくもまさか、幽霊がいるなんて思って

なかったんだけどね……」

衛藤さんがその男の子を目撃したのは、先週の木曜日、ちょうどいまぐらいの時間帯のことだったらしい。

「はじめは、お母さんとはぐれてさがしてるのかと思ったんだけど、それにしては、様子がおかしいんだ」

「様子がおかしい？」

ぼくはききかえした。

「うん。ふつう、親とはぐれた子どもは、店内を走りまわることが多いんだけど、その子は同じ通路をいったりきたりするばかりだったから……それに、うごきまわってるから、はじめは気づかなかったんだけど、よく見ると、体がすけてるんだよ」

衛藤さんの口調は、まるで仕事の報告をするみたいにたんたんとしていたんだけど、それがよけいにぶきみだった。

「まさかと思って何度も見なおしたけど、やっぱり体がうっすらとすけて、向こうのたなの商品が見えているんだ。怖いというより、わけがわからなくて、とにかくあとを追いかけたら……」

通路のはしまできたところで、スッと消えたらしい。

「見まちがいじゃないんですか？」

慎之介の言葉に、

「こっちにきてごらん」

衛藤さんはそういうと、通路の端まで歩いて足を止めた。

「ここにパートの清水さんがいたから、

『男の子がきませんでしたか？』

ってきいたら、

『いいえ。だれもきませんでしたよ』

っていわれたんだ。

見ての通り、ここは見通しがいいし、そのときはお客さんも少なかったから、ぼくにも清水さんにも見られずに、どこかにいくことはできない。

ぼくが混乱していたら、その様子で気づいたんだろうね、清水さんが急に青い顔で、

『もしかして、見たんですか？』

っていいだしたんだ」

清水さんも、リニューアル前から働いているベテランのパートさんで、家がスーパーのすぐ近くにあるらしい。

衛藤さんが清水さんからきいた話によると、じつは以前から、パートさんの間では男の子の幽霊が噂になっていたのだそうだ。

ただ、わりとはっきり見える人と、まったく見えない人がいて、清水さんは見えないほうの人だった。

「くわしくきいてみると、パートさんの間で噂になっていた男の子と、ぼくが目撃した男の子は、年齢も服装もまったく同じだったんだ」

「でも、もしかしたらその清水さんっていう人が見のがしただけかも……」

慎之介が幽霊以外の可能性を指摘する。

衛藤さんは、しばらく気をもたせるようにだまっていたけど、やがてゆっくりと首を横にふって、

「それはないんだ」

といった。

「気になって、あとから確認したんだけど、その子の姿は、はじめから監視カメラにはうつってなかったんだよ」

「なあ、その男の子を見つけたら、どうするんだ？」

イートインコーナーのカウンター席にならんで座ると、窓の外をながめながら、慎之介がいった。

「うーん……成仏させるのが一番いいんだろうけど……」

あまり気がすすまないけど、最終的には山岸さんにたのむことになるかもしれない。

「とにかく、そのためには、なにが心のこりなのかをしらべないと……」

「ここって、昔からスーパーだったのかな？」

慎之介は店内を見まわしながらいった。

「たしか、できたのは二十年くらい前だったと思う」

その当時、一階建てだったお店は、リニューアルにともなって二階建てになっている。建てかえるとき、少しだけ敷地をひろげたらしいけど、基本的には場所は変わっていないはずだ。

「その前はなんだったんだろ」

「どういうこと？」

ぼくは慎之介の横顔を見た。

「だって、なんかおかしくないか？　小麦粉売り場をうろつく子どもの幽霊って」

慎之介はそういって眉をよせた。

「だから、もしかしたら、昔はここにお墓があって、売り場の下にあの子の骨がうまってるとか……」

「お墓じゃなかったと思うけど……」

とつぜんの台詞にふりかえると、清水さんがすぐ後ろに立っていた。

エプロンをしていないので、仕事が終わって帰るところだろう。

「さっき、衛藤さんからきいたんだけど、浩介くん、幽霊のことしらべてるんだって？」

清水さんの言葉に、ぼくはうなずいた。

「そうなんです。やっぱり、幽霊がでるって噂がたったりすると、お店の評判にもよくないかなって思って……」

「でも、ここがお墓だったっていう話は、きいたことがないわね。子どものころからずっとこのあたりに住んでいるけど、スーパーができる前は、たぶんふつうの住宅地だったと思うわ」

「リニューアル前に、幽霊の噂とかきいたことはないですか？」

慎之介の質問に、

「わたしはきいたことないなぁ」

清水さんは苦笑しながらいった。

「まあ、わたしは霊感とかないから、気づかなかっただけかもしれないけど……。あ、でも、一回だけ、お客さんからふしぎな質問をされたことはあるわ」

それは、いまから三年くらい前のこと。

清水さんがたなの整理をしていると、女性のお客さんが近づいてきて、

「あの子、だいじょうぶですか？」

ささやくように話しかけてきた。

「えっと……どの子ですか？」

迷子かな、と思って清水さんがあたりを見まわすと、

「ほら、あそこに立ってる男の子……」

お客さんは向かいのたなを指さした。

だけど、たなの前どころか、見わたす範囲に男の子の姿はない。

清水さんがとまどっていると、

「あ、ごめんなさい。やっぱりなんでもないです」

お客さんはそういって、あわてて立ち去っていった。

「あとから考えたら、あの人にはなにかが見えてたのかなって……」

「あの……」

話をきいているうちに思いついたことがあって、ぼくは清水さんにきいた。

「それって、なに売り場だったかおぼえてますか？」

「たしか、お菓子売り場だったと思うけど……」

「リニューアルで改装したとき、売り場の場所って変わってますよね？　そのときのお菓子売り場って、いまの店だと、どのあたりになるかわかりますか？」

ぼくの言葉に、清水さんはしばらく指で宙に地図をかいていたけど、やがてハッとした顔で指を止めた。

「いまの店だと……そうね、八番と九番の間の通路になるわね」


その後、いまから塾にいくという慎之介を見送ると、ぼくはひとりでさっきの通路にもどった。

改装前はお菓子売り場だったこと。

さっきの、清水さんがきいたというお客さんの話。

いろいろ考えると、どうやらここに、リニューアル前から男の子の幽霊がいたことはまちがいなさそうだ。

ただ、清水さんにきいてみても、お菓子売り場にかぎらず、スーパーの中で子どもが亡くなったという話は、おぼえがないらしい。

かりに、もっと昔の話だったとしても、店の中で人が死んでいれば、父さんが知らないということはないだろう。

ここにスーパーができる前のことを、もっとくわしく調べたほうがいいのかな……と思っていると、ぼくのすぐ目の前を、男の子が通りすぎていった。

たぶん、小学校の二年生か三年生くらい。

チェックのシャツに、カーキ色の綿パンをはいている。

ぼくは一瞬ドキッとしたけど、すぐに苦笑した。

衛藤さんは、男の子の体は少しすけていたといっていたけど、目の前にいるのは、見たところ本当にふつうの男の子だったのだ。

さっきからだれかをさがすように、たなの間をいったりきたりしている。

ぼくが声をかけようかとまよっていると、その男の子はハッとぼくを見て足を止めた。

「ねえ、ぼくの妹を知らない？」

少しかんだかい声できいてくる。

「妹さんがどうかしたの？」

「いないんだ。ここでまってるようにっていったのに……」

男の子はいまにも泣きだしそうな顔でいった。

「妹さんは、いくつ？」

「まだ幼稚園。五歳になったばかりなんだ」

「わかった。ぼくも一緒にさがしてあげるよ」

ぼくがそういうと、男の子はホッと表情をゆるめた。

「ありがとう」

「それで、妹さんはどんな……」

ぼくが妹さんの特徴をたずねようとする前に、男の子はパーッとかけだして、通路のはしでフッと姿を消した。

ぼくはあわてて追いかけて、左右を見まわしたけど、どこにも男の子の姿はない。

もしかして、いまのが――ぼくが首をひねりながら元の場所にもどると、通路の反対側から、またさっきの男の子が走ってきた。

そして、ぼくの目の前で立ち止まると、いまにも泣きだしそうな顔でいった。

「ねえ、ぼくの妹を知らない？」

「妹？」

父さんは、はしを止めてききかえした。

「うん」

ぼくはうなずいた。

その日の夜。ぼくは父さんに、男の子の幽霊（ゆうれい）は、妹をさがしているのかもしれない、と話した。

「まちあわせをしてたはずの妹が、いなくなったっていってたんだ」

「いってたって……おまえがきいたのか？」

父さんは目をまるくした。

「――って、霊感のある友だちがきいたらしいんだよ」

ぼくはあわててつけくわえた。

「妹か……」

「幼稚園に通ってる、五歳になったばかりの妹なんだって」

ぼくはさらに、清水さんからきいた話と、売り場の場所が変わったことを話した。

「だから、たぶんもともとはお菓子売り場にでてたんだと思う」

「いわれてみれば、たしかにそうだな」

父さんは感心して、何度もうなずいた。

おそらくあの男の子は、リニューアル前のスーパーで妹とまちあわせて、結局あえなかったことが心のこりになっている男の子の霊なのだろう。

妹のことが心配であらわれるので、妹に関しての会話は多少なりたつけど、それ以外のこと――たとえば、名前や住所とか、自分が幽霊だと自覚しているか、という話になると、まったく耳に入らない様子だった。

だけど、父さんにあらためてきいてみても、スーパーで子どもが亡くなるような事故や事件は、やっぱりおぼえがないらしい。

「本部にいっても、こんな話、信じてもらえないだろうし……まいったよ」

(やっぱり、山岸さんに相談するしかなさそうだな……)

うなだれる父さんの姿を見ながら、ぼくはそっとため息をついた。

「ほら、やっぱりおもしろい話があったじゃないか」

次の日の放課後。

ぼくが山岸さんをたずねて、事情を説明すると、山岸さんはにやにや笑ってそういった。

「まあ、ぼくが知るかぎり、あの店でもあの土地でも、死んだ子どもはいないはずだけどね」

「でも、幽霊がでるのはまちがいないんです」

ぼくがうったえると、

「だったら、別の場所で死んだのかもね」

山岸さんがあっさりと答えた。

「別の場所？」

「うん。だって、幽霊は死んだ場所にあらわれるとはかぎらないだろ？　こんな話をきいたことはないかな。旅行にいったら、友だちのひとりが、なんだか口数が少なくて元気がない。体調でも悪いのかと思って、あまり気にせずにいたんだけど、その日の夜、みんなでおしゃべりをしていると、とつぜんみんなに別れをつげて、スッと姿を消す。

　呆然としていると、だれかの携帯に電話がかかってきて、その友だちがいま病院で息を引きとったっていう連絡が……」

「はあ……」

　たしかに、そういう話なら、何度かきいたことがある。

「でも、それは旅館にでてくるのは一回だけですよね？　ずっとその旅館にあらわれてるわけじゃ……」

「じゃあ、こういう話はどうかな」

　そういって、山岸さんは語りだした。

『残業』

Aさんが就職した会社では、なるべく残業はしないようにといわれていた。

それでも、連休前にどうしてもかたづけないといけない仕事があって、先輩のBさんと一緒に残業していると、いつのまにか部長席にだれかが座っていた。

かっぷくがよくて、りっぱなスーツを着ているけど、ひどく顔色が悪い。

なにより、見たことのない人だ。

Aさんは仕事の手を止めて、Bさんに声をかけた。

「Bさん……あそこに座ってるのは、だれですか？」

Bさんは一瞬ふりかえったけど、

「ああ」

と声をあげて、またすぐに仕事にもどった。

「あれはいいんだよ、気にしなくて」

「え、でも……」

Ａさんがふたたび顔をあげると、さっきの男が席を立って、こちらに近づいてくる。

そして、Ｂさんのうしろから、大きく身を乗りだして、Ｂさんの手元をのぞきこんだ。

その無表情な顔に、Ａさんがゾッとしていると、男は今度はＡさんのほうに近づいてきた。

Ａさんがうごけずにいると、Ｂさんがバン、と机に手をついて立ち上がった。

「つづきは明日の朝にして、きょうはもう帰ろうか」


「さっきのは、なんだったんですか？」

駅にむかいながらＡさんがきくと、

「まあ、気にするな」

Ｂさんは、Ａさんの肩をポンとたたいた。

「Ｃ部長は、仕事のことが心配で、でてくるだけだから」

「Ｃ部長？　でも、部長はＫさんじゃ……」

「Kさんの前の部長がCさんだったんだ。五年前、遅くまで残業をしていて、帰りの電車で急に心臓発作におそわれて、そのまま亡くなったんだよ」

それ以来、残業はできるだけしないように、という方針ができた。

表向きの理由は、社員の健康のためということになっているけど、本当は、残業しているとCさんがでてくるからなのだそうだ。

「どうやら、自分が死んだことに気づいてないみたいなんだ」

「死んでからも仕事してるなんて、かわいそうですね」

Aさんがつぶやくと、Bさんは肩をすくめた。

「かわいそうなのは、おれたちだよ。あと何時間かしたら、あの幽霊がでるオフィスにもどって、仕事しなくちゃならないんだからな」

「つまり、幽霊は死んだ場所だけではなく、思いを強くのこした場所にでることもある、ということだよ」

ぼくは、この間山岸さんからきいた『店内放送』の話を思いだした。

あの話でも、亡くなった女の人の霊は、死んだ場所ではなく、職場だったスーパーにあらわれていた。

「でも、職場でも学校でもなく、スーパーにあらわれる子どもの幽霊って……」

「それだけ妹とあいたい気もちが強いんだろうね」

つまり、妹さえ見つければ、成仏する可能性が高い、ということだ。

とりあえず、もう一度その男の子に話をきくことにして、ぼくたちは家をでた。

ちょっとしらべものをしてくるという山岸さんと別れて、先にアイマートに到着すると、さっきの男の子が通路にいるのが見えた。

しかも、その前には幼稚園の制服を着た女の子が立っていて、

「まなみ、勝手にどこかにいったらだめじゃないか」

男の子が腰に手をあてて、しかりつけている。

「え？」

ぼくは目をうたがった。もしかして、本当に妹が見つかったのか？

だけど、女の子のほうは、やっとお兄ちゃんにあえたという感じではなく、むしろ、いまにも泣きだしそうな顔をしている。

「ほら、いこう」

男の子に手をつかまれて、女の子はとうとう泣きだしてしまった。

男の子はおろおろしていたけど、やがてこまった顔で、スーッと姿を消した。

ぼくは女の子にかけよると、しゃがんで話しかけた。

「だいじょうぶ？」

女の子が、びっくりしたようにぼくを見る。それから、涙をぬぐって、こくりとうなずいた。

「いまの男の子は、まなみちゃんのお兄ちゃんだったの？」

ぼくがたずねると、女の子はまばたきをくりかえして、それから左右に首をふった。

「ちがうの？」

今度はしっかりとうなずく。そして、すっかり泣きやんだ顔で、

「わたし、このみだよ」

といった。

「え？」

「わたし、このみ。まなみじゃないよ」

そういって、胸の名札をほこらしげに見せる。

たしかにそこには、〈やました　このみ〉と書いてあった。

「ああ、そうか」

ぼくは笑った。

「それじゃあ、このみちゃん。いまのは、このみちゃんのお兄ちゃんだったの？」

すると、今度もこのみちゃんは首を左右にふった。

「このみ、お兄ちゃんいないよ」

「え……」

それじゃあ、さっきの男の子は、妹によく似た女の子を見つけて、かんちがいしていた

のだろうか。ぼくが混乱していると、

「あ、お母さん」

このみちゃんがパッと笑顔になって、かけだした。

「このみ、どこにいってたの」

買い物カゴを手にした女の人が、このみちゃんの手をつかんで、ぼくのほうをチラッと見る。

ぼくが頭を下げると、お母さんも小さく会釈をして、そのまま野菜売り場のほうへと歩いていった。

ぼくが、いまの一連のできごとを理解できずに立ちつくしていると、

「どうしたんだい?」

山岸さんが、ようやくあらわれた。

「じつは……」

ぼくが事情をかんたんに話すと、

「なるほどね」

山岸さんは和服のたもとに両手をいれて、うんうんとうなずいた。

それから、通路の左右を見まわして、よく通る声で呼びかけた。

「かなたくん、いるんだろ？　でておいで」

すると、さっきの男の子が、不思議そうな顔をしながら、どこからともなくあらわれた。

「仲本かなたくんだね？」

山岸さんが再度呼びかける。

男の子——かなたくんは小さくうなずいた。

さっきのできごとがショックだったのか、それともいきなり名前を呼ばれておどろいたのか、こちらの問いかけに、素直に応じている。

それよりも、ぼくは山岸さんが男の子の名前を知っていたことにおどろいていた。

どうやってしらべたのかときくと、

「図書館で、昔の新聞をしらべてきたんだ」

山岸さんは、ぼくとかなたくんを等分に見ながら答えた。

妹とお菓子売り場であう約束をしていたのだから、男の子が亡くなったのは、スーパーからそれほどはなれていない場所のはずだ——そう考えた山岸さんは、スーパーの近くで、過去に男の子が命をおとした事故や事件がないかをしらべた。

そして、スーパーの前の道で車にはねられて亡くなった、かなたくんの記事を発見したのだった。

「そうか……店の前で車にはねられたんだ」

ぼくがいうと、かなたくんはきょとんとぼくを見かえした。

「えっと……いま、自分がどういう状態か、わかってる？」

ぼくが問いかけると、かなたくんはしばらく足元に視線をおとしていたけど、とつぜんハッと目を見開いて、ぼろぼろと大つぶの涙を流しだした。

どうやら、自分が事故で死んだことをようやく思いだしたらしい。

そして、その日のことを、とつとつと話しだした。

「あの日は、まなみとふたりで買い物にいったら、スーパーで友だちにあって……いまからサッカーするっていうから、五分だけって約束で、まなみをおいて、道のむこうの公園にいったんだ。そしたら、気づいたら二十分以上たってて、やばいと思ってあわてて店にもどろうとしたら……」

かなたくんは、そこで言葉をきって、また泣きだした。

きっと、そこで車にはねられたのだろう。だけど、妹を心配する気もちだけが強くのこっていて、死んでから店にもどってきたのだ。

「だけど、さっきの子はまなみちゃんじゃないよ」

ぼくはやさしく声をかけた。

「やましたこのみちゃんだって」

「でも、あの制服は……」

どうやら、妹と同じ幼稚園の女の子だったようだ。

たぶん、まなみちゃんと顔も似ていたのだろう。

あとは、名前をもとに妹さんをさがせばいいだけだ、と思っていると、

「もうひとつ謎がのこってるよ」

山岸さんが、クイズでも出題するような口調でいった。

「謎？」

「事故は最近ではなく、二十年前に起きている。それなのに、どうしていまになって、こんなにひんぱんに目撃されるようになったんだと思う？」

それは、たしかに謎だった。

「なにか、きっかけがあったんじゃないですか？」

ぼくがいうと、山岸さんはにっこりと笑った。

「うん、ぼくもそう思う。たとえば、通路に立ちつづけてずっと妹をさがしていたかなたくんが、ついに妹の姿を見つけたとか……」

「でも……」

妹のまなみちゃんだと思っていたのは、同じ幼稚園の制服を着て、顔も似ていたこのみちゃんだったのだ。

そのとき、このみちゃんとお母さんが店をでていこうとするのが見えた。

ぼくがそのことをつげると、山岸さんはすぐに歩きだして、ふたりのあとを追った。そして、

「すいません。ちょっとよろしいですか？」

お店をでたところで、お母さんを呼びとめた。

お母さんが不審そうな目で山岸さんをふりかえる。

「なにか？」

「ちがっていたらすみません。もしかして、仲本まなみさんではありませんか？」

山岸さんに追いついたぼくは、あっけにとられた。

お母さんは眉をよせて、困惑した表情で山岸さんをにらんだ。

「いまは山下ですけど……たしかに旧姓は仲本です」

「え？」

ぼくは思わず声をあげた。

「それじゃあ、かなたくんの……」

その言葉に、お母さんは目を見開くと、ぼくと山岸さんの顔に視線を往復させた。

「あなたたちはだれですか？　どうして兄のことを知っているんですか？」

ぼくたちはとりあえず、店の前にあるベンチに腰をおろした。

山岸さんが事情を説明すると、お母さんもはじめはなかなか信じられなかったみたいだけど、やがてぽつりぽつりと自分のことを語りはじめた。

いまから二十一年前、当時できたばかりのスーパーの近所に住んでいたまなみさんは、お兄さんとふたりで買い物にでかけた。

家はスーパーと同じ側にあったので、大通りを横断しなくても買い物にいけたらしい。

ところが、友だちとばったりあったお兄さんが、大通りのむこう側に遊びにいってしまった。

まなみさんはしかたなく、お菓子売り場でまっていたけど、いつまでたってもお兄さんはもどってこない。

そして、一時間近くたってから、ようやくむかえにきてくれたお母さんに、お兄さんが事故にあったことをつげられたのだ。

それからしばらくして、お兄さんが亡くなったことにショックをうけたまなみさんの一家は、別の町に引っこしていった。

月日が流れ、結婚して子どもも生まれたまなみさんは、だんなさんの転勤で、ぐうぜんこの町にもどってきた。

「正直、このスーパーにはあまりいい思い出はなかったんですけど……」

まなみさんは、複雑そうな表情でそうつぶやいた。

だけど、家から近いし、なによりリニューアルで見た目が変わっていることもあって、買い物に使うようになったのだそうだ。

「この子は、小さいころのわたしにそっくりなんです」

このみちゃんの頭に手をやると、まなみさんはさびしげにほほえんだ。

このみちゃんも、まなみさんが昔通っていた幼稚園に転園することができたらしい。

「二十一年……」

ぼくはつぶやいた。

二十一年間、かなたくんは妹のことが心配で、ずっとこのスーパーでまっていたのだ。

「たぶん、はじめの数年間は、いまみたいにさがしまわっていたんじゃないかな」

山岸さんがいった。

「だけど、なかなか見つからないから、だんだんと気配がうすれて、ただ立っているだけになっていった。三年前、お客さんが目撃したみたいにね。それが、当時の妹にそっくりのこのみちゃんを見かけたことで、またさがす元気がでてきたんだよ」

幽霊に元気というのも、なんだか変な感じだけど、いっていることはわかる。

「でも……まさか、本当に……」

まだ信じられずにいるまなみさんと一緒に、ぼくたちはあの通路に向かった。

まなみさんとこのみちゃんが足をふみいれると、どこからともなく、かなたくんがあらわれて、ふたりのもとにかけよってきた。

「お兄ちゃん……」

まなみさんの目から涙があふれだす。

「まなみ……？」

かなたくんが、不思議そうにお母さんとこのみちゃんを交互に見た。

まなみさんは一歩進んで、かなたくんの前にしゃがみこんだ。

「お兄ちゃん……ごめんね、まちあわせ場所からいなくなっちゃって。ずっとさがしてくれてたんだね。でも、わたしもう迷子じゃないよ。迷子じゃないんだよ」

かなたくんは、しばらくきょとんと立ちつくしていたけど、やがてパッと満面の笑みをうかべると、

「そうか、もう迷子じゃないのか」

といった。

「よかったな、まなみ。ちゃんと家に帰れたんだな。よかったなあ……」

かなたくんの姿が、少しずつうすれていく。

まなみさんは、そんなかなたくんに、あわてて手をのばした。

「うん。だから、お兄ちゃんも一緒に帰ろう。わたしと一緒に、おうちに帰ろうよお……」

のばした手の先で、かなたくんの姿はどんどんうすくなり、やがて空気にとけるように消えて見えなくなった。

まなみさんが、両手で顔をおおって泣きくずれる。

そんなまなみさんの肩を、山岸さんがたたいた。

「お兄さんは、やっと帰れたんですよ。帰るべき場所に」

このみちゃんが、まなみさんの頭に手をのせて、心配そうにいった。

「お母さん、だいじょうぶ？　あたま痛いの？」

まなみさんは顔をあげると、涙にぬれた顔で笑った。

「だいじょうぶ。お母さん、どこも痛くないよ」

それから、立ち上がると、このみちゃんの手をにぎっていった。

「さあ、おうちに帰ろうか」

「かなたくん、妹とあえてよかったですね」

スーパーからの帰り道。

山岸さんとならんで歩きながら、ぼくはいった。

かなたくんが成仏したことで、スーパーに幽霊がでるという噂も、そのうちなくなるだろう。

「彼は幸運なほうだよ」

山岸さんが、なんだかしんみりした口調でいった。

「なにかにとらわれたまま、成仏できないでいる幽霊というのは、たくさんいるからね」

ぼくは山岸さんの横顔をそっとぬすみ見た。

きっと、かなたくんよりも長い時間、なにかにとらわれて成仏できずにいる幽霊たちを、たくさん見てきているのだろう。

「みんな、心のこりが解決して、成仏できるといいですね」

ぼくがふとつぶやくと、

「本当にそう思うかい？」

山岸さんが足を止めて、妖しげな笑みをうかべながら話しだした。

「ある女の人の幽霊なんだけどね……若くして病気で亡くなったんだけど、小学五年生のむすこさんのことが、すごく心のこりだったみたいなんだ」

「はあ……」

ぼくはいやな予感がして、じりじりとあとずさった。

山岸さんはかまわずに話をつづける。

「なんとか成仏させてあげたいんだけど、思いが強すぎて、へたに手をだすと、むすこさんまでつれていかれるかもしれないし……。そこで、霊感のある小学五年生くらいの男の子に協力してもらって……」

「ちょ、ちょっと待ってください」

ぼくはあわてて山岸さんの台詞をさえぎった。

「それって、完全におとりじゃないですか」

「いやとはいわないよね。だって、かわいそうな幽霊を成仏させるためなんだから」

ぼくの言葉を完全に無視して、足どりも軽く歩きだした山岸さんは、大通りから路地に入ったところで、急に足を止めた。

「どうしたんですか？」

声をかけながら、前方に目をやったぼくは、ハッと息をのんだ。

早くも街をつつみこもうとしている夕闇のむこうで、黒い帽子に黒いコートを着た背の高い男が立っていたのだ。

かげ男だ。

かげ男は、ゆっくりと近づいてくると、ぼくたちの前で足を止めて口を開いた。

「この間は世話になったな」

去年の年末、ぼくたちはある村に調査にでかけた。そこで、かげ男はぼくと本をうばおうとして、いろいろしかけてきたんだけど、山岸さんにあっさり撃退されていたのだ（『怪談収集家　山岸良介と人形村』参照）。

「気にするな。おれとおまえの仲じゃないか」

山岸さんは、とぼけた口調で返した。

「そういうわけにはいかないよ。今日はおまえに、いい知らせをもってきたんだ」

かげ男は、ニヤリと笑っていった。

「じつは、おまえがさがしている例の祠を見つけたんだよ」

山岸さんの表情がわずかにうごいた。

「おまえが『百物語』の本をわたして、おれの計画に協力してくれるというなら、祠の場所を教えてやってもいいぞ」

「……わるいけど、遠慮しておくよ」

「本当にいいのか？」

「ああ。それに、祠を見つけても、おまえにはなにもできないだろう？」

「まあな。だが、祠をつかうことはできなくても、こわすことぐらいはできるかもしれないぞ」

かげ男がそういった瞬間、山岸さんの体から、冷気のようなものがあふれでた。

ふたりの間の空気が、一気にはりつめる。

「本気でいってるのか？」

山岸さんは、きくだけで背すじがこおりそうな声でいった。

「まあ、考えておいてくれ」

かげ男はそういいのこすと、わずかな時間にさらに濃くなった夕闇の中に姿を消した。

山岸さんが本を完成させようとしているのは、ある人を助けるためだと、前に秘書さんにきいたことがある。祠もきっと、その人を助けるために必要なのだろう。

かげ男が消えた先をにらむ山岸さんに、ぼくが声をかけられずにいると、

「それじゃあ、いこうか」

山岸さんはがらっと口調を変えて、ぼくのほうを向いた。

「え？　どこへですか？」

ぼくはびっくりしてききかえした。

「もちろん、女の人の幽霊のところだよ。あいつが祠を見つけたっていうのが本当なら、本の完成をいそがないと。ほら、いくよ」

反論するひまもないまま、ぼくは山岸さんに腕をつかまれて、夕闇の中へとのみこまれていった。

次回予告
「とりこまれる怪談　あなたの本（仮題）」

「わたしの本」は終わっていなかった。ある女の子の前にとつぜん現れた一冊の本。開くと、彼女が今までに体験してきた怪談がのっている。元同級生の清人を通じて相談をうけたまみにも危険が……。

「怪談収集家　山岸良介と人喰い遊園地（仮題）」

いつも働いている浩介たちを、山岸さんが遊園地に招待してくれた。だけど、もちろんただの遊園地じゃなくて……。

緑川聖司(みどりかわ　せいじ)
『晴れた日は図書館へいこう』で日本児童文学者協会長編児童文学新人賞佳作を受賞し、デビュー。作品に『ついてくる怪談　黒い本』などの「本の怪談」シリーズ、「晴れた日は図書館へいこう」シリーズ、『福まねき寺にいらっしゃい』(以上ポプラ社)、「霊感少女」シリーズ(KADOKAWA)などがある。大阪府在住。

竹岡美穂(たけおか　みほ)
人気のフリーイラストレーター。おもな挿絵作品に「文学少女」シリーズ、「吸血鬼になったキミは永遠の愛をはじめる」シリーズ(ともにエンターブレイン)、緑川氏とのコンビでは「本の怪談」シリーズ、「怪談収集家」シリーズがある。埼玉県在住。

2018年7月　第1刷　　2019年5月　第2刷

ポプラポケット文庫077-19
怪談収集家 山岸良介の妖しい日常

作　**緑川聖司**
絵　**竹岡美穂**
発行者　千葉 均
発行所　株式会社ポプラ社
東京都千代田区麹町4-2-6　〒102-8519
電話(編集)03-5877-8108
(営業)03-5877-8109
ホームページ www.poplar.co.jp
印刷　岩城印刷株式会社
製本　大和製本株式会社
Designed by 荻窪裕司

ISBN978-4-591-15920-0　N.D.C.913　246p　18cm

P8034220

みなさんとともに明るい未来を

一九七六年、ポプラ社は日本の未来ある少年少女のみなさんのしなやかな成長を希(ねが)って、「ポプラ社文庫」を刊行しました。

二十世紀から二十一世紀へ——この世紀に亘(わた)る激動の三十年間に、ポプラ社文庫は、みなさんの圧倒的な支持をいただき、発行された本は、八五一点。刊行された本は、何と四千万冊に及びました。このことはみなさんが一生懸命(いっしょうけんめい)本を読んでくださったという証左(あかし)でもあります。

しかしこの三十年間に世界はもとよりみなさんをとりまく状況も一変しました。地球温暖化による環境破壊、大地震、大津波、それに悲しい戦争もありました。多くの若いみなさんのかけがえのない生命も無惨(むざん)にうばわれました。そしていまだに続く、戦争や無差別テロ、病気や飢餓(きが)……、ほんとうに悲しいことばかりです。

でも決してあきらめてはいけないのです。誰もがさわやかに明るく生きられる社会を、世界をつくり得る、限りない知恵と勇気がみなさんにはあるのですから。

——若者が本を読まない国に未来はないと言います。

創立六十周年を迎えんとするこの年に、ポプラ社は新たに強力な執筆者(しっぴつしゃ)と志(こころざし)を同じくするすべての関係者のご支援をいただき、「ポプラポケット文庫」を創刊いたします。

二〇〇五年十月

株式会社ポプラ社